朝鮮半島で迎えた敗戦

在留邦人がたどった苦難の軌跡

城内康伸
藤川大樹

大月書店

緒言

東京新聞（中日新聞）外報部長　久留信一

「終戦時、北朝鮮にいた日本人がどうやって引き揚げてきたのかは、ほとんど知られていない。この機会に取材して書いてみたい」。本書の著者である城内康伸記者からそう聞いたのは、昨年（二〇一四年）五月下旬のころだったと思う。

北朝鮮が拉致問題だけにとどまらず、終戦前後に北朝鮮域内で死亡した日本人の遺骨や墓地、残留邦人の消息など包括的調査を行うことで、日朝両政府が合意した直後のことだった。

城内記者は一九九三年、東京新聞（中日新聞）特派員としてソウルに赴任した。以来、北京勤務も含め、数度にわたった特派員生活を通じ、北朝鮮の核開発問題などをめぐり、数々のスクープを放った。東京新聞のみならず日本を代表する北朝鮮ウォッチャーの一人である。ベトナム・ハノイでの密かな接触からスウェーデンのストックホルムを舞台とする合意へと至った日朝政府の動きも、彼のアンテナにはしっかり捉えられていた。

日本の敗戦によって、朝鮮半島に暮らしていた日本人の生活は一変した。家族は引き裂かれ、取り残された人々の記憶は歴史の中に埋もれた。日朝合意を一つのきっかけに、「無名の人々がどのように死に、生きぬいたのかを、掘り起こしてみたい」という思いが、彼の中で膨らんでいったのではないだろうか。取材・執筆には、国際ニュース部門の外報部で最も若い藤川大樹記者も加わることになった。

「終戦と朝鮮半島――在留邦人の軌跡」と題した連載は、本紙夕刊で二〇一四年八月十三日にスタートした。朝鮮半島に住む日本人の運命を大きく分けた北緯三八度線。ソ連軍の突然の侵攻。引き揚げ途中、収容所の中で無念の死を遂げた人々。連載が進むにつれて、読者の方々からの反響も大きく広がっていった。本紙に寄せられた声の中からいくつかを紹介してみたい。

「七十年たってずいぶん忘れかけていましたが、記事を読むと胸が痛くなります。報じられた『苦難』は誇張されたものではありません」(神奈川県・八十代男性)

「満州からの引き揚げはいろんなところが取り上げた。北朝鮮の引き揚げは珍しいのだが、取り上げられることが少ない。連載は毎回、楽しみにしている」(静岡県浜松市・七十代女性)

「本当に無念です。父親は終戦後、満州で亡くなり、母親、姉、私、弟と四人でコロ島から引き揚げ船に乗りました。間もなく、一歳四カ月の弟が船の中で死亡し、遺体を海に投げ込み水葬しました。汽笛を鳴らしながら三回まわりました。私は甲板で姉と泣きながら見送りました」(東京都・女性)

東京新聞・中日新聞は首都圏と中部地方で発行されるブロック紙だが、反響は鹿児島や高知など、発行エリア外からも寄せられた。

二人の取材は、ワシントンの米国立公文書館所蔵の資料など貴重な資料を集め、関係者の証言などと照らし合わせていくという手法で、事実に徹底的にこだわるものだった。情緒的な表現はあえて排した。「事実をもって語らせる」ジャーナリズム的手法が、関係者や読者の共感を呼んだのだと信じている。

今回、大月書店のご尽力で、この連載企画が本となって世に出ることになった。スペースが限られた新聞というメディアではやむなくそぎ落とされていた題材も、ふんだんに盛り込まれている。内容は一段と充実したはずだ。半年間にわたった連載中、城内、藤川両記者の奮闘、努力を間近に見てきた者としても、大きな喜びである。

凡例

◆文中に登場する朝鮮半島の地名は、終戦当時の名称を使用し、その読み方も当時の日本語による音読みとした。ふりがなを振る場合にも、日本語の読み方に基づいた。ただし、現在の地名として登場する場合には、朝鮮語・韓国語の発音に基づいて振った。

◆手記や新聞、各種文献の引用にあたっては、一部を除き、旧仮名づかいを新仮名に、旧字を新字に改め、片仮名を平仮名にした。また、使われている漢字や送り仮名に誤用がある場合には、手直しをした。文章が読みにくいと思われる箇所には適宜、句読点、改行、ふりがなをほどこした。いずれも著者の責任で行った。

◆会話や引用文中には、「北鮮」や「南鮮」、「鮮人」「ロスケ」など、現在では差別的とされる表現が随所に登場するが、歴史的背景の一つと考え、そのまま使った。

◆本文中では、敬称を省略させていただいた。

目次

終戦当時の朝鮮半島

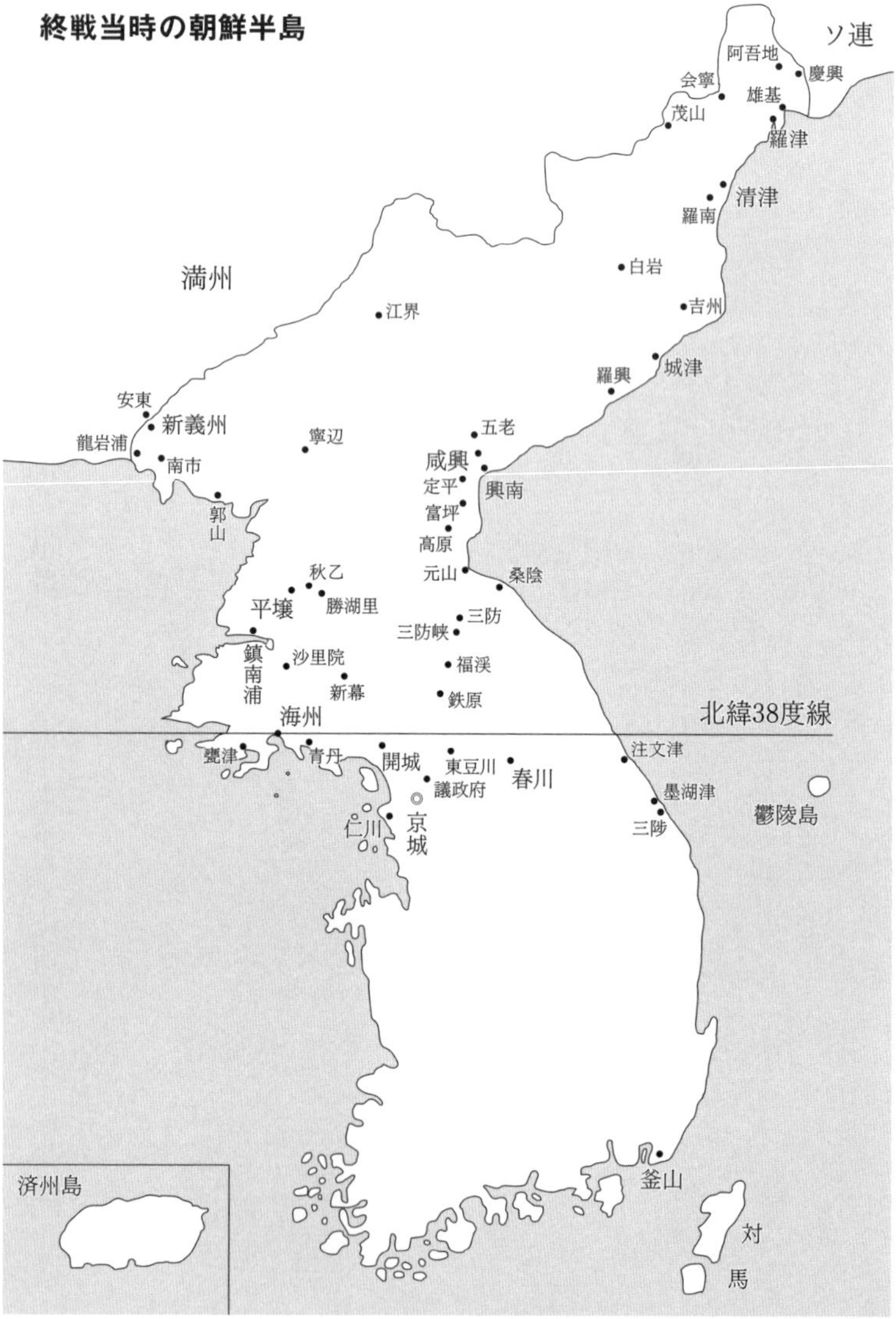

ソ連
阿吾地
慶興
会寧
雄基
茂山
羅津
清津
羅南
満州
白岩
吉州
江界
城津
羅興
安東
新義州
五老
龍岩浦
寧辺
咸興
南市
定平
興南
郭山
富坪
高原
秋乙
元山
桑陰
平壌
勝湖里
三防
三防峡
鎮南浦
沙里院
福渓
新幕
鉄原
海州
北緯38度線
甕津
青丹
開城
東豆川
春川
注文津
議政府
墨湖津
鬱陵島
仁川
京城
三陟
済州島
釜山
対馬

朝鮮半島で迎えた敗戦——在留邦人がたどった苦難の軌跡

はじめに

■ある女性の死

戦後七十年を経た二〇一五年。年明け早々の一月十六日、日本海に面する北朝鮮北東部の町・咸鏡《ハムギョン》北《ブク》道《ド》清津《チョンジン》で、一人の「日本人」女性が静かに息を引き取った。

終戦時の混乱で日本本土に引き揚げることができず、北朝鮮に取り残された丸山節子。その四日前に八十六歳の誕生日を迎えたばかりだった。

横浜市に住む五つ年下の弟・毅《つよし》が姉の死去を知ったのは、それから約一カ月半がたった二月二十六日朝のことだった。節子の訃報を伝えるNHKニュースを見た私（城内）が、その日午後、事前に約束をしないまま毅を自宅に訪ねると、彼は嫌な顔ひとつせず、取材に応じてくれた。

「今朝八時半から九時ぐらいの間に、向こうから電話がありました。姉は嫁いだ次女のところに身を寄せていたんですが、ちょっと離れたところに住んでいる通訳の方から『一月十六日に亡くなった』と。『みんなが見てる前で苦しまずに逝った、お姉さんは幸せでしたよ』とか言ってました。夜九時ぐらいだったというので、少なくとも娘の家族はみんないたと思います。連絡が遅れたのは、通訳の方が台所で転んで骨折したからのようです。ずっと動けなかったので、電話をよこせなかったとか。次女が『(毅に)電話をしてくれ』ってしつこく頼むもんだから、郵便局だかに何とか来て電話しているんだと言っていました」

この日は朝から雨が激しく降っていた。雨音でかき消されないよう、大きめの声で話していた毅の顔から、笑顔が消えた。視線をテーブルに落として一息ついてから、言葉をつないだ。

「姉はとうとう日本の土を踏むことができなかったですねえ」

■引き裂かれた家族

毅の説明によると、節子は一九二九年、日本の植民地支配下にあった朝鮮半島の中部に位置する開城《かいじょう》で、果樹園を営む両親の下、長女として生まれた。家族は両親、きょうだい四人の計七人。太平洋戦争中には、開城から約五十キロ離れた京城《けいじょう》(現・韓国ソウル)の高等女学校に通学、寄宿舎生活をした。

一九四五年の夏休み、十六歳の節子が実家に戻ると、父の重友は「卒業前の褒美だ」と言って、節子と九歳年下の妹を連れて満州(現在の中国東北部)に旅行に出かけた。終戦直前、重友は「帰る」という電報を家に送ってきた。だが、着くはずの列車はとうとう開城の駅に入らなかった。

そして、八月十五日を迎えた。三人はその後も戻らず、行方不明になった。

日本の支配が終焉し、もはや「外国」となった朝鮮で、母・ヒサ子は「家族を待つ」と言って、日本本土への帰国を延ばしていた。しかし、朝鮮半島南部に進駐した米軍は一九四六年三月八日、「米軍政庁が滞留を必要とする者以外の全日本人は、できるだけ速やかに朝鮮から日本に帰国すべし」という命令を出した。ヒサ子はそれから間もなく、後ろ髪を引かれる思いで、毅らを連れて朝鮮を離れる。

「周囲の人に『これが朝鮮から日本に向かう最後の船だ。乗らなければ帰れないよ』って言われたんです。おふくろは渋っていたのですが、最後には帰国を決めました。『(節子らは)先に帰っているかもしれない』と、自分に言い聞かせていたようです」

■三百通の手紙

本土に引き揚げたヒサ子は、実家がある広島にいったんは落ち着こうとした。しかし、原爆が投下された広島は、混乱の真っただ中だった。ヒサ子は親戚に気兼ねして、一年ほどで毅を連れて上京し、神奈川県川崎市の船だまりで古い船に暮らす貧しい生活を送った。当初は廃品回収のリヤカーを引いて生計を立てた。やがて、ヒサ子は知人のつてで横浜市内の会社に勤めることができるようになった。

節子の生存を知ったのは一九五二年のことだった、と毅は記憶している。

「姉とお友だちになった近所に住む方が、日本に住む親族に『こういう日本人がいます。本籍は福岡だと言っている』と連絡をしたんです。その連絡を受けた親族が、父の郷里に知らせてくださったんです」

それから節子と母、毅との手紙のやり取りが始まった。「これまでに三百通ぐらいやり取りした」と毅は言う。手紙を通じて、北朝鮮に取り残された節子の苦労が、少しずつ伝わってきた。

節子は終戦から二、三年後に「朝鮮人との望まぬ結婚」を、父・重友によって無理やりさせられたという。重友は節子の結婚を見届けると、「何とか三八度線を越えて帰る」と言って、妹を連れて姿を消した。二人の消息はそれ以降、途絶えた。生前の節子が抱え続けた心のわだかまりを、彼女に代わって毅が説明してみせた。

「姉は『見ず知らずの朝鮮人と結婚させられた。たとえ死んでもいいから（父と）一緒にいたかった』って、親父のことを最後まで恨んでいましたね」

節子は朝鮮戦争が小康状態に入ると、清津で落ち着いた。彼女の消息が日本に届いたのは、ちょうどそのころのことだろう。彼女は北朝鮮では「キム」姓を名乗り、九人の子をもうけた。親が日本人であるがゆえに子どもに嫌な思いをさせないようにと、配属された工場では懸命に働いた。彼女の働きぶりは「人間機関車」と呼ばれるほどで、「外国人でなければ（朝鮮労働）党員になれる」と高く評価されたという。とはいえ、北朝鮮民衆の暮らしは貧しく苦しかった。毅の回想が続く。

「最初のころに届いた手紙には、『とにかく何でもいいから送ってほしい』と書かれていましたね。（そういう内容の来信が）しばらく続きました。

後になると、露骨な要求は書かなくなりました。それでも、手紙の端々には『何々がいくらで大変だ』というような表現で、生活の困窮を伝えてくるわけですよ。

結局はいろいろと送っていました。特に母は必死になって送っていましたね。私もたいした稼ぎはなかったけど、稼ぎはほとんど全部、そっちに持って行かれました」

■訪朝と再会

毅は二〇一〇年になって、在日本朝鮮人総聯合会（朝鮮総聯）の訪問団に加わって初めて訪朝し、節子と六十五年ぶりに再会を果たした。残念なことに、ヒサ子は前年の二〇〇九年十二月に九十九歳で亡くなっていた。毅は持参したヒサ子の服を手渡した。

「お母さんと一緒にいるみたい。会いたかったあ」

八十歳を過ぎた老女は、子どもに戻ったように喜んだ。毅は恐る恐る、日本に帰りたいかと聞いてみた。節子はすかさず答えた。「当たり前でしょう、日本人なんだから。お母さんと一緒のお墓に入りたい」

毅はそれから毎年一回、節子に会うため訪朝した。二〇一四年九月半ば、五回目の訪朝が、節子と会う最後の機会になった。節子の身体は弱り、記憶もずいぶん曖昧なものになっていた。

「チイチイパッパ、チイパッパ、スズメの学校の先生は」

節子は幼少期に帰ったように、身ぶり手ぶりを交えて戦前の童謡を歌っていた。その姿は、毅の脳裏に生々しく刻み込まれている。

■いたずらに過ぎた時間

朝鮮半島には終戦当時、七十一、二万人の日本人が住んでいた。このほかに、陸軍二十九万人など軍関係約三十五万人がいた。厚生省（現・厚生労働省）援護局が一九七七年十月に発刊した『引揚げと援護三十年の歩み』によると、そのうち北緯三八度線以北、今の北朝鮮地域に住んでいた一般邦人は二十七、八万人と推定されている。さらに終戦直後には、満州から約七万人の避難民がなだれ込んだ。

そうした日本人の中には、北朝鮮に取り残された人々がいた。厚生省は一九九七年の調査で、約一千四百人を確認している。丸山節子と同じように地元の人と結婚した者、治安の悪化や食糧不足などで親が死亡した子ども等、残留の理由はさまざまである。そして、残留日本人の多くが高齢者となって久しい。

終戦時の日本本土外在留一般邦人

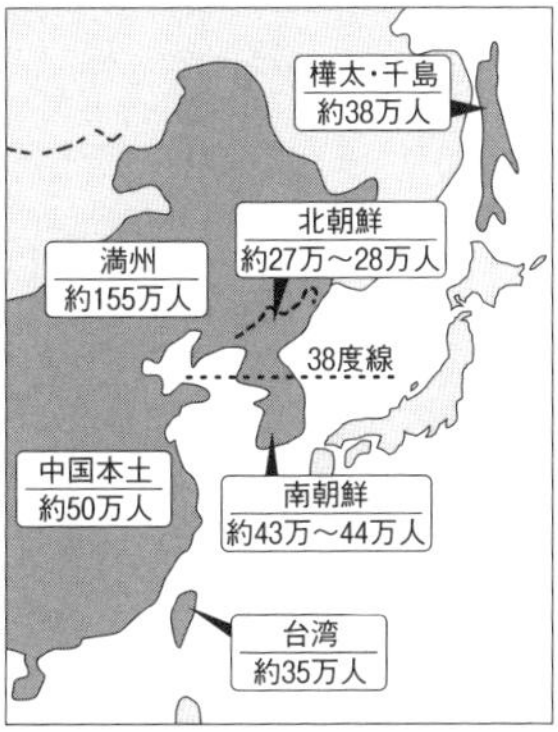

朝鮮総督府「人口調査結果報告書其の二」、『援護50年史』より作成

日本と北朝鮮は二〇一四年五月二十六日から二十八日にかけて、スウェーデンのストックホルムで政府間協議を行い、「一九四五年前後に北朝鮮域内で死亡した日本人の遺骨及び墓地、残留日本人、日本人配偶者、拉致被害者及び拉致の疑いがある行方不明者を含む全ての日本人に関する包括的で全面的な調査」（菅義偉官房長官）を北朝鮮が実施することで合意した。残留日本人や遺骨などの問題は、太平洋戦争の終結で日本

が敗戦国に転じて生まれた悲劇である。合意は拉致問題にとどまらず、そうした問題まで調査事項に入れている。

調査事項に列記された問題は、日朝両国に国交がないことや、北朝鮮という国家特有の閉鎖性も手伝って、解決に向けた本格的な動きがないまま今日に至る。特に、残留日本人や遺骨などの問題は、一九九〇年代後半から拉致問題が国民の関心を集めて以降、その存在が国民から忘れ去られた感があった。日朝の合意によって、こうした長らく放置されてきた邦人の悲劇にもようやく光が当たることが期待された。

合意から一カ月余りがたった二〇一四年七月四日、北朝鮮は特別調査委員会を立ち上げて調査に着手した。北朝鮮当局は八月四日には前出の丸山節子を訪ね、清津に住むようになった経緯や日本への帰国の意思を聴いている。

しかし、残念ながら、当初は「(二〇一四年)夏の終わりから秋の初め」(菅官房長官)とされた調査結果の初回報告は、先送りされた。この原稿を書いている二〇一五年五月の時点では先行きが不透明なまま、いたずらに時間ばかりが過ぎている。節子の弟・毅は声を震わして怒りをぶちまけた。

「日朝協議が始まって、姉も調査対象になったことで、きっと帰ってくると信じていたので、悔しくて仕方がない。昭和二十七(一九五二)年に生きているとわかって、六十年以上ですよ。いくらでも帰国できる機会はあったでしょう。日本政府は、いったい何をやっているのか……。さっぱりわからないじゃないですか」

日本の敗戦で生まれた悲劇は決して過去のものではなく、今なお続いている。本書はそうした悲劇がなぜ、どのようにして生まれたのかを、朝鮮半島から引き揚げてきた人々の証言と関係者の手記、外交文書などで紡いだノンフィクションである。東京新聞（中日新聞）夕刊で連載した企画「終戦と朝鮮半島――在留邦人の軌跡」をもとに、追加取材をして全面的に書き直した。

朝鮮半島は終戦後、北緯三八度線を境として米軍とソ連軍の分割占領下に置かれた。ソ連軍は間もなく三八度線を一方的に封鎖。南北間の交流はすべて遮断された。

三八度線以南に進駐した米軍は在留邦人の日本本土への早期送還方針を打ち出し、南朝鮮に住んでいた日本人の引き揚げ作業は、一九四六年春にはほぼ完了した。一方、三八度線以北に進駐したソ連軍が、北朝鮮に住んでいた日本人の送還を正式に開始するのは、終戦から約一年四カ月もたってからであった。

北朝鮮に取り残された日本人は、劣悪な環境下での生活を余儀なくされ、栄養失調と感染症によって多くの人が命を落とした。正式な引き揚げを待ちきれぬ人々は、命がけで三八度線を越え、南朝鮮を経て日本への帰還を果たした。

日本による朝鮮支配の終焉で激流の渦に呑み込まれていった、在留邦人のこうした軌跡を、できるだけ正確にたどっていこうと思う。拉致問題と同様、残留日本人や遺骨などの問題に対する社会の関心が、本書を通じて少しでも高まれば光栄である。

第1章
明暗分けた南と北

1945年9月9日、朝鮮総督府正門前に掲揚されていた日の丸を降ろす米軍
(米国立公文書館所蔵)

八・一五の京城《けいじょう》

■重大放送

一九四五年八月十五日。この日午前、朝鮮半島に対する日本の植民地支配を象徴する朝鮮総督府が置かれた京城（現・韓国ソウル）各地には、「本日正午重大放送、一億国民必聴」の掲示が現れた。

それを知らずに、京城女子師範学校二年生だった森下（旧姓・波多江）昭子は、父親が「朝鮮鉄道」に勤める同級生が住む官舎で、所在なくしていた。森下の父親・次雄は日本が大韓帝国を併合する四年前の一九〇六年に日本人学校の教員として玄界灘を渡って来た。森下は九人きょうだいの末っ子として、一九二七年に京城で生まれた。

森下は夏休みを終えてこの日、北緯三八度線以北の街・黄海道鳳山郡沙里院《こうかいどうほうざんぐんさりいん》の小学校での実習に復帰する予定だった。七月半ばに始まった「教員動員」と呼ぶ実習は事実上、男子教員が出征して足りなくなった教員の穴埋めが目的だった。

福岡市に住む森下が、ゆっくりとした口調でふり返る。

「京城から沙理院まで列車です。京城駅の文書課長をしていた同級生のお父さんに、切符の手配をお願いしていたので、彼女の家に受け取りに行ったんです。

ところが、その朝に手に入るはずの切符が届かないんです。同級生のお父さんから電話をいただきました。『列車の手配がつかないから待て。十二時になったら重大放送があるから、それを聞きなさい』って。

そうこうするうちに、玉音放送が始まりました。同級生と同級生のお母さん、たまたま居合わせた、陸軍中尉で私が女子師範一年生当時の担任だった日高先生の三人と一緒に聞きました」

■外国になった故郷

ラジオは、ポツダム宣言受諾を告げる昭和天皇による終戦の詔勅《しょうちょく》を流した。雑音が多くて聞き取りにくかった。それでも「堪え難きを堪え忍び難きを忍び」とのくだりは、はっきりと聞こえた。

「要するに、最後までがんばって難局を乗り越えろってことよね、と理解していました。ところが放送が終わると、日高先生がこうおっしゃったんです。『君たちは内地に引き揚げないかん』って」

日高の言葉を聞いて、京城で十八年間生まれ育った森下はハッとする。そして、彼女の胸には「ああ、ここは外国になったんだ」という思いが迫ってきたという。森下が言葉をつなぐ。

「後で考えると、同級生のお父さんは文書課長という立場上、（日本が）戦争に負けたことも、朝鮮半島が間もなく三八度線で分断されることも知っていたのでしょうね。それで『もう少し待て』っておっしゃって、一人で北に行くつもりだった私の身を案じてくださった。命の恩人です」

森下は結局、日高の引率で京城府内の自宅へと引き返した。「（日高）先生と一緒に電車に乗って帰りました。先生が私の手をしっかりと握って『離れるな』と送ってくださったんです。町中はとにかく、沸き立ってはいました。けれども、その日は朝鮮の人が日本人を攻撃したりするようなことはありませんでしたね」

朝鮮総督府勤務の時に終戦を迎えた故森田芳夫が一九六四年に発刊した、朝鮮半島からの引き揚げ史を綴った『朝鮮終戦の記録——米ソ両軍の進駐と日本人の引揚』は、玉音放送直後の京城府内の様子について、次のように伝える。

〈総督府をはじめおもな官庁で、重要書類の整理焼却がはじまった。もう京城府内には、国民服やモンペをやめて（朝鮮の民族衣装である＝引用者注）白衣をきた多くの朝鮮人が、町に出てゆうゆうと歩いていた〉

『朝鮮終戦の記録』は、森田が一九四六年三月に日本に引き揚げた後も、引き揚げ者からの聞き取り作業と膨大な資料収集を続けてまとめた労作である。

■平穏に過ぎた八・一五

玉音放送が流れた直後にあたる午後一時からは、李鍝《りぐ》殿下の陸軍葬が京城運動場（現在の東大門運動場）で営まれた。

李殿下は朝鮮王朝（李朝）最後の王だった純宗の甥にあたる。陸軍士官学校（四十五期）を卒業して「日本軍人」となり、終戦直前、陸軍中佐として、広島にあった第二総軍司令部の教育参謀を務めていた。終戦九日前の八月六日朝、乗馬して司令部に出勤する途中、投下された原爆に遭遇し、翌七日に死去したのだった。享年三十二。

遺体は軍用機で運ばれ、十四日深夜に京城に着いた。葬儀は、朝鮮総督府の阿部信行総督やナンバー・ツーの遠藤柳作《りゅうさく》政務総監、朝鮮半島南部を管轄する第一七方面軍の上月《こうづき》良夫司令官、さらには昭和天皇の名代として宮内省の坊城俊良《ぼうじょうとしなが》式部次長らが参列して、神式で厳粛に執り行われた。

大日本帝国が崩壊したまさに当日、朝鮮王朝の血を継ぐ人物の葬儀が日本の陸軍によって、京城中心部で粛々と進んだのである。その光景を想像すると、形容しがたい不思議な気持ちに襲われる。

二〇一五年四月で満九十歳を迎えた山口仁平は、終戦当時在学していた、京城北部に位置する京城帝国大学予科の校庭で玉音放送に耳を傾けた。山口が静岡県三島市の自宅で、記憶の糸をたぐるように口を開いた。

「八月十五日は普通の暑さだった。玉音放送はみんな集まって聞いたね。ちゃんと聞こえて、敗戦だとすぐにわかった。

そういえば、朝鮮人の学生は何カ月か前から授業に出てこなくなっていた。ひょっとして日本が負けるというのがわかっていたんじゃないですか」

山口は夕暮れの下校途中、軍服姿の日本人が街頭で軍刀を振りまわしているのに出くわした。

「日本が負けたのが悔しくて、破れかぶれになっておったんじゃないかな。その若い将校は何かを叫んでいた」

それでも、その日の京城は比較的静かだった。京城帝大医学部講師だった故田中正四《まさし》は日記に、十五日から十六日朝にかけての様子を「歴史に特筆大書さるべき一夜は極めて平穏のうちに明けた。それは自分が想像したよりもはるかに静かなものであった。いつもの通り大学に出かける。町も極めて平穏である」と記している（田中正四『痩骨先生紙屑帖』）。

■歓喜の行列

府内が騒々しくなるのは、十六日の午後になってからだった。ふたたび田中の日記を引用する。

〈街には、日の丸を巴《ともえ》まんじにぬりつぶし、四隅に易者の広告みたいな模様の韓国の国旗が氾濫している。電車には屋根の上迄はいあがり、トラックは人を満載して万歳の叫びをあげながら右往左往している〉

前出の森下昭子は終戦翌日も、いったん女子師範学校に通った。校舎二階にある教室には、教師と級友の三分の一程度が来ていた。

校舎の外からは「マンセー（万歳）」とくり返し叫ぶ声が聞こえてきた。窓から覗くと、後に韓国の国旗になる太極旗を手にした人々が校庭になだれ込んできていた。朝鮮人の級友は、同胞が練り歩く姿を目の辺りにすると、嬉しそうに窓から手を振って、歓喜する行列に応えていた。

教室には重苦しい空気が漂っていた。うめき声に似たすすり泣きが、あちこちで聞こえた。すると泣いている同級生に向かって、窓から手を振っていた朝鮮人の級友が、それまでずっと胸にしまい込んでいた感情を爆発させた。

「何よ、あなたたち！　負けたからってなぜ泣くの！　今まで私たちの国を奪って苦しめていながら。あなたたちよりも、もっと苦しくて、悲しい思いを……」

朝鮮人の級友が叫んだ後半のくだりは、激しくなった同級生の泣き声にかき消されてしまい、森下ははっきりと聞き取ることができなかった。

■解放に沸きかえる人々

朝鮮総督府官房総務課長として終戦を迎えた故山名酒喜男《みきお》は、帰国直後の一九四五年十二月に日本政府に提出するためにまとめた報告書『終戦前後に於ける朝鮮事情概要』で、八月十五、十六日の模様を、日本人、朝鮮人の双方に分けて、「大詔渙発《たいしょうかんぱつ》後に於ける主要都市の状況」と題してまとめている。総督府官僚としての状況観察の記録と分析である。興味深い内容なので、少し長く引用する。

〈八月十五日、大詔渙発（玉音放送を指す＝引用者注）せらるるや、内鮮人共に極度の衝動を蒙《こうむ》り、一時は呆然たるものありしが、日本人側は一切を挙げて官の措置に俟《ま》つの態度を以《もっ》て冷静に推移せるが、朝鮮人側に於いては、停戦に依るポツダム共同宣言の受諾を見るときは、朝鮮は直ちに日本より解放せられて独立するものなりと誤解し、終戦平和到来の安堵と朝鮮独立歓喜の情に興奮し、これに一部不穏分子の巧妙なる扇動あり、八月十六日、京城府内の目抜きの場所を中心として、多衆民の街頭示威《じい》運動の展開せらるるに及べり。

即ち米国旗と旧韓国旗の併掲の下、「朝鮮独立万才」「連合軍歓迎」を呼号して多衆示威運動と為り、公的企業体の乗用車及びトラック等も、運転手の朝鮮人なりしものはこの示威行列運動に参加し、恰《あたか》も公的企業体自体、行列行進に参加せるが如《ごと》き観を呈せり。

（中略）思うに斯《か》くの如くに街頭に雲集せる群集を解散せしめ、家宅に在らしむることは殆《ほとん》ど不可能にして、強力なる軍官憲共同の権力行使を必要とし、殊《こと》には之が弾圧下、万一にも流血の不祥事件の発生を見んか、全鮮日本人に対する反動的不祥事件の誘発は必至にして、寧《むし》ろ此の際は彼等の心中に急激に点火せられたる歓喜の激情を、此の街頭行進に流露消火せしむるの已《や》むを得ざるに非《あら》ざるや。

（中略）斯くの如き情勢を馴致《じゅんち》せるは、朝鮮の治安取り締りの第一線の任務に従事すべき警察機関の七割以上が朝鮮人なりしこと、従って警察機関が朝鮮人青年学徒の不法行為取締に際して

急激に無力化せることは已むを得ざる次第なるが、一時は警察署・駐在所等職務執行を不能ならしむるが如き出務状況に陥れり〉

山名の報告書にあるような「一部不穏分子の巧妙なる扇動」によるものであるのか、京城府内には「ソ連兵が入城する」というデマが流れた。「京城電気」社長だった故穂積真六郎は、死去後に発刊された遺稿集『わが生涯を朝鮮に』に収録された手記で、デマが拡散した模様を次のように回想する。

〈ついに終戦の日は来た。私はその頃の光景を、未だに忘れることが出来ない。八月十五日の午後三時に「ソ連兵が京城駅に到着する」というデマが市中に広がって、二時頃には南大門通りを、老いも若きも熱狂した手に赤旗を振り振り大道を埋めて駅に走った。電車は鈴なりどころか、危険な屋根の上にまで赤旗の人を満載した。人々は駅頭に集まった。これが終戦後、京城在住の日本人の心胆を寒からしめた最初のことであろう〉

穂積は引き揚げ史を語るうえで重要な人物である。一八八九年生まれ。東京帝国大学を卒業後、朝鮮総督府に入り、一九四一年に退職するまで九年間、殖産局長を務めた。一九四二年十二月に京城電気社長に就任。敗戦後の混乱の中で、在留邦人の援護にあたる京城日本人世話会を組織した。朝鮮滞在期間は三十二年に及び、一九四六年四月に日本に引き揚げた後も引き揚げ事業の支援活動に携わった。一九四七年から参議院議員を一期務めた。一九七〇年五月、八十一歳で死去した。

■総督府の責任放棄

総督府はたちまち機能不全に陥った。解放に沸く朝鮮人を制御しようとすれば、いたずらに流血事件に発展しかねない。総督府は在留邦人の保護にも自信を失っていた。

そんな中、日本に「無条件降伏」を求めたポツダム宣言が、その叩き台となったカイロ宣言に基づいて朝鮮の解放を謳っている以上、朝鮮人による新政府が早晩、樹立される見通しは濃厚であった。前出した総督府政務総監の遠藤柳作は、新政府を担うと予想される朝鮮人リーダーに早急に治安維持を任せることで、日本人の保護を図るのが最善の策と考えた。

遠藤は、朝鮮全土で根強い支持を集める独立運動家の実力者、呂運亨《ヨウンニョン》に白羽の矢を立てた。そして、玉音放送が流れたその日、収監されていた政治犯の釈放と引き換えに、呂が結成した「朝鮮建国準備委員会」に治安維持を要請。総督府の責任を〝丸投げ〟したのであった。

半面、遠藤は十六日午後、前出の穂積や朝鮮商工会議所会頭の人見次郎、「朝鮮繊維産業」社長・湯村辰二郎ら京城在住の日本人有力者を総督府に招いて、阿部信行総督臨席の下、事態の説明を行った。遠藤は次のように述べた。

「総督府が正面にたって、この時局の収拾にあたることは、人心を刺激するおそれがあるので、それをさけて、呂運亨氏に治安維持の協力を依頼した。ところが、朝鮮側は、政権を移譲されたかのように誤解して騒いでいる。総督府としては、そんなひろい範囲の委任をしたのではなかった」

言い訳とも聞き取れる遠藤の釈明。積極的な事態収拾の姿勢を示さなかった総督府の及び腰に、穂積らは失望する。森田芳夫の『朝鮮終戦の記録』によると、穂積は憤然として次のように発言したという。

「われわれは小さいときから義士銘々伝や忠臣蔵などを何のためによんだり、見たりしてきたのであろうか。この場合の為政者の態度に、大石の城明け渡しぐらいの決心がないとしたならば、何のかんばせあって朝鮮の終末を祖国に報じうるであろう。もう少ししっかりした態度をわれわれに示してほしい」

ちょうどその時、「独立万歳」を叫ぶ朝鮮民衆のデモが総督府に押し寄せ、門での制止を押し切って庁舎の入口に迫っていた。総督府当局は武装警官を配置して、何とか民衆の庁舎内への突入をくい止めたところであった。

■総督夫人の遁走未遂

余談ながら、総督府が在留邦人の保護で主導的な責任を果たさぬ状況で、首脳による在留邦人への背信とも受け取れるエピソードまで残る。釜山《ふざん》地方交通局長だった故田辺多聞《たもん》が、当時の日記に記しているものだ。一九七六年に出版された『朝鮮交通回顧録　別冊終戦記録編』に収録されている田辺の回想録「終戦直後の釜山地方交通局管内事情」には、該当する日記の内容が収録されている。

それによると、田辺が八月十六日、総督府交通局（本局）から何らかの指示が来るものと待っていたところ、本局長が終戦後初めて釜山地方交通局によこした連絡は、日本に出航できる機帆《きはん》船はないかという問い合わせであった。機帆船を必要とする理由を田辺が訊ねると、「総督夫人一行がいち早く引き揚げ」るためだといい、田辺は「啞然《あぜん》とした」と記している。

翌十七日、総督夫人一行は隠密裡に釜山に到着する。ここから先の推移については、田辺の日記をそのまま引用して紹介しよう。


〈（慶尚南道《けいしょうなんどう》＝引用者注）道庁手配の機帆船に一行の山の様な荷物を積込んで出帆、内地へ向った。ところがその日悪天候のため風波高く、機帆船もボロ船であった上荷物を積み過ぎたために、牧島沖で沈没に瀕《ひん》し、折角の荷物を大半海中へ投捨てて船足を軽くし、命からがら釜山へ舞戻りコッソリと京城へ引返すという笑えぬ事件があった。

終戦直後の、民心動揺して総督府首脳部の動向を異常な注意をもって観察して居た際のことであり、この総督府首脳部の態度は官民多くの非常な憤激を買うとともに、総督府に対する信頼感は地に墜ちた〉

釜山は同日夜、およそ四年ぶりに灯火管制が解除された。朝鮮人が釜山周辺の丘陵や市街に点々と灯りが輝く夜景に興じているところに、乗っていた船が過積載で危うく沈没しそうになった総督夫人一行は、荷物を海中に放り出して陸へと引き揚げてきた。総督夫人はさぞかし、ばつが悪かったに違いない。

■米軍政の樹立

話の舞台を京城に戻そう。当時の南朝鮮には、二十三万人余りの日本陸軍が無傷のまま展開していた。米軍が進駐するまで、彼らに比肩《ひけん》する武力は、三八度線以南には存在しなかった。総督府と呂運亨との取引を知った軍は二十日、「朝鮮軍は厳として健在である」（朝鮮軍管区報道部長が十八日に行ったラジオ放送）として、各地に部隊を派遣し、総督府に代わって治安確保に乗り出した。

ソ連軍が間もなく占領することになる三八度線以北とは違って、以南では、朝鮮人による散発的な暴力行為や示威活動は見られたものの、全般的に社会の大混乱は避けられた。それは、こうした軍の存在が大きかった。

やがてポツダム宣言に基づき、軍の武装解除と本国送還が実施される。内務省は八月二十一日、朝鮮半島の日本軍武装解除は、三八度線以北をソ連軍、以南を米軍が担当すると総督府に打電した。

九月八日、ジョン・ホッジ中将を司令官とする、沖縄にいた米第二四軍が、京城郊外の仁川《じんせん》に上陸した。翌九日、総督府でホッジ中将と朝鮮総督の阿部らの間で、三八度線以南の日本軍の無条件降伏と米軍への施政権移譲を取り決めた降伏文書への署名が行われた。大日本帝国による三十五年にわたる朝鮮支配が終わりを告げた瞬間だった。

この間、呂運亨率いる朝鮮建国準備委員会は、治安維持の役割を日本軍に奪われるも、その影響力を南朝鮮一帯に広げた。そして、九月六日には「朝鮮人民共和国」の即時樹立を決定した。だが、ダグラス・マッカーサー連合国軍最高司令官は翌七日には、米太平洋陸軍最高司令官の名によって「北緯三八度線以南の地域および同地域の住民に対し軍政を樹立し、占領する」という布告第一号を発表する。さらに九日の降伏文書調印式終了後には、南朝鮮域内の街頭に掲示して公布された。ここにおいて、朝鮮人が三十五年間待ち望んだ独立と自主建国は否定され、韓国の建国も三年後を待つことになる。また呂運亨は一九四七年七月、テロ組織に属する朝鮮人青年に暗殺される。韓国初代大統領、李承晩《イスンマン》派による犯行との説がある。

米軍は九月二十日、在朝鮮米陸軍司令部軍政庁（米軍政庁）を発足させ、軍政を開始した。前出の『朝鮮終戦の記録』によると、日本軍人の復員計画は、日米両軍首脳部の「談笑の間に定められ」た。九月下旬に始まった復員は、一九四五年末までにほぼ完了した。

■在留邦人の早期送還

一方、日本政府は在外邦人の引き揚げ実施については冷たかった。「戦争終結に伴う在外邦人に関する善後措置」と題する、終戦処理会議が同年八月三十一日付で決定した当時の極秘文書のコピーが手元にある。文書には次のように記されている。

〈戦争終結に当たり、在外邦人は大詔を奉戴《ほうたい》し冷静沈着大国民の襟度《きんど》を以て事に処し、過去の成果に鑑み将来に備え出来得る限り現地に於て共存親和の実を挙ぐべく忍苦努力するを以て第一義たらしむるものとし、止むを得ず引き揚げる者に対しては努めて便宜を与えなるべく速やかに引揚げしむる方途を講ずるものとす〉

在外の一般邦人は終戦当時、約三百三十万人いた。焼け野原となった本土は食糧も不足しており、引き揚げ者が急増しては、かなわない。できるだけ現地にとどまってほしいというのが、政府の本音だった。

ただ、米軍はすべての日本人を早期送還する方針を固めていた。米国立公文書館で見つけた「ホッジ・レポート」と題されたファイルがある。その中に収録されていた一九四五年九月十三日にマッカーサーに宛てた極秘文書の中で、南朝鮮に上陸して間もなかったホッジは、日本人の早期送還が急がれる理由について次のように述べている。

〈現時点で、南朝鮮について語る最良の方法は、この地域が火花を加えるとすぐにも爆発する火薬が入った樽の状態だと説明することである。（中略）朝鮮人は、完全な独立と政府の樹立が米軍の到着から数日以内に認められない理由についてわかっていない。すぐに独立し、日本人を掃討するという考えは、彼らの心を支配してきた。独立がいくらか遅くなるという事実に対する失望は大きい。

一般人と兵士の隔《へだ》てなくすべての日本人に対して悲惨な復讐をする機会が与えられないかぎり、朝鮮人は信じられない敵意をもって日本人を憎み続けるだろう。ただ米軍が監視していれば、朝鮮人による復讐の達成は不可能である。

私の意見では、日本軍と多くの日本人が帰国するまで、朝鮮は安定した状態になりえない〉

ホッジは朝鮮人の間に激しい反日感情を見て取った。米軍政庁は十月三日、日本人の本格的な送還を開始すると発表。三八度線以南に住んでいた四十数万人の一般邦人は、翌年春までにほとんど引き揚げることになった。

■「北に住んでいた人々は……」

京城で終戦を迎えた前出の森下一家も、一九四五年十月二十日に博多港に上陸した。ほとんどの財産は現地に残し、携帯を許されたのはリュックだけだった。持ち帰ることができるのは一人当たり、現金は一千円、荷物は五十キロで二個と決まっていたが、どさくさの中でそれもあきらめざるをえなくなった。

「それでも、北に住んでいた人より、ずっとましです。向こうに住んでいた方々は……」

そう話すと、森下の顔は険《けわ》しくなった。

三八度線以南が穏やかな「八・一五」を迎えていた時、中国東北部・旧満州との国境近くに住んでいた多くの一般邦人は、雨露に肌を浸しながら山中を歩いていた。その数日前に朝鮮半島北東部を襲った、ソ連軍による艦砲射撃と空襲から逃れるためであった。

米軍機にあらず

■食糧輸送の拠点、羅津《らしん》

満州との国境にほど近い朝鮮半島北東部の街・咸鏡北道《かんきょうほくどう》羅津。現在は北朝鮮の経済特区である羅先《ラソン》市の一部になっている羅津は、日本の植民地支配下にあった朝鮮において、日本海に面した主要な港都だった。

終戦直前にあたる一九四五年六月以降、その北方に隣接する雄基《ゆうき》と、羅津の南方に位置する清津《せいしん》と合わせ、急を告げる日本本土の食糧難を救うため、満州産の農作物を海上輸送する拠点となった。

そのため、港の埠頭には、満州から運ばれた大豆や粟、コーリャン、トウモロコシなどがうず高く積まれ、「暁《あかつき》部隊」と呼ばれた陸軍船舶司令部が統括する船舶部隊が次々に入港しては、日本に運んでいた。

森田芳夫が綴った引き揚げ史『朝鮮終戦の記録』によると、羅津では、それまで港の積上能力が月七万五千トンにすぎなかったのを、「一カ月に三十万トンにせよ」という命令を受け、ついに一日最高一万二千トンの積み上げをするまでの成績を挙げた。

一九四五年七月半ば以降、約九千人の一般邦人が住む羅津の市街地には、ほぼ隔日で午後十一時ごろ、空襲警報が鳴り響いた。食糧輸送を遮断するため、沖縄を基地とする米軍のＢ29が来襲し、羅津港内に機雷を投下していた。ただ艦船や陸地への直接攻撃はなかった。

■空襲警報

八月九日未明。羅津高等女学校三年生だった十四歳の得能《とくのう》（旧姓・四谷）喜美子は、父親の秀文が勤める「満州電信電話」の宿舎で就寝していた。父が満州の首都・新京（現・中国吉林省長春）の本社から転勤したのに伴って前年三月に家族で羅津に移り住んで、一年四カ月ほどがたっていた。

八十四歳になる得能が千葉県松戸市の自宅居間で、当時をふり返った。

「いきなり狂ったように、空襲警報が『ワーン、ワーン』と鳴り出しました。うちの社宅は高台にあったので、カーテンをそっと開けて街を見下ろしたんです。

照明弾が数限りなく落ちてきて、灯火管制されていた街は昼間のように明るくなりました。数百という照明弾。そのせいで、実際には何機来たのかわかりませんが、ものすごい数だったように感じました。最初はアメリカの飛行機だと思っていました」

北方から飛来したのは米軍機ではなく、数十機のソ連軍用機だった。朝鮮総督府で官房総務課長を務めていた山名酒喜男は先に引用した報告書『終戦前後に於ける朝鮮事情概要』で、その数を約三十機と記録する。

終戦六日前のことであった。朝鮮半島内陸部がいまだ平穏を保つ中、満州と国境を接する半島北東部は満州と同様、日ソ中立条約を破棄したソ連軍による突然の侵攻で、直接戦火にさらされたのだ。

日ソ中立条約は一九四一年四月十三日、東南アジアへの南進政策を進める日本と、ドイツの侵略に備えるソ連の思惑が一致し、両国の間で調印された。相互不可侵と、一方が第三国の軍事行動の対象になった場合に他方は中立を守ることなどを定めていた。条約の有効期間は五年だった。しかし、ソ連は一九四五年二月に開かれたヤルタ会談で、ドイツ降伏後に対日参戦することを米英両国に約束する。そして、同年八月八日に一方的に条約を破棄して日本に宣戦布告したのだった。

■鷲《わし》と鶴の懸隔《けんかく》

『朝鮮終戦の記録』によると、ソ連軍による最初の羅津への爆撃は、羅津港に浴びせられた。埠頭に積んであった物資や倉庫が炎上した。埠頭のドラム缶は破裂して油が海上に流れ出し、港内は火の海と化した。日本船十数隻はほとんど大破した。

日本軍の応戦能力は、皆無に近かったようだ。戦前、陸軍は羅津市街に要塞司令部を置いていた。海軍の司令部は羅津の南方に位置する楡津《ゆしん》にあったが、戦艦など艦艇は平素、碇泊《ていはく》していなかった。さらに、七月下旬になると、朝鮮半島東海岸中部の港湾都市・元山《げんざん》への移動命令を受け、司令部は移転を終えていた。羅津の府尹《ふいん》（行政官トップ）だった故北村留吉は一九五〇年八月に執筆した手記の中で、当時の羅津の守備について、次のとおり記している。

〈海軍においては輸送船舶の掩護《えんご》に任ずるため、舞鶴の隷下に属する飛行部隊（旭部隊）の一部を進駐せしむることとなり、四月上旬、片田一生大尉を指揮官とする一部隊（飛行機五機、兵員約二五〇名）が湾内東北部の一点に根拠地を創設した。

海軍の飛行部隊は、兵員宿舎の関係で陸軍側と対立したので、府庁会議室および土木課の一部を模様がえして、海軍側宿舎に提供した。携行した飛行機は、いずれもいわゆる下駄ばき練習用程度に過ぎないので、敵機の来襲にも、進んでこれを邀撃《ようげき》する等思いもよらないことで、むしろ空爆をおそれて機体隠蔽につとむるという始末であった。

右部隊の任務は、輸送船舶の洋上援護にあたることであり、しかもガソリン不足の折柄、飛行圏内は極度に制限されていた模様であった。指揮官以下、隊員いずれも敵機来襲ごとに切歯扼腕《せっしやくわん》していたが、鷲と鶴の懸隔、如何《いかん》ともしようがなかった。

一方、陸軍側も要塞とはいえ、完全な防空施設がなかったと見え、六月頃からボツボツ高射砲陣地の構築に着手し、かつて神戸で敵機十六機を撃墜した勇者と称する井出大尉を指揮官に、高射砲隊がカントウ峯を中心として数カ所に陣地を構えたが、日くれて道遠く、八月八日夜《マヽ》のソ連機来襲時には、砲台の据え付けすら終わっていなかったので、何等の威力をも発揮し得なかっ

た〉

■ソ連軍上陸の予感

爆撃は街も襲った。得能は家族と共に、自宅の庭に築造された防空壕に退避した。防空壕は深さが約一・五メートルで一畳ほどの広さ。十八歳だった兄の秀和が出征する前日の七月末、「役に立つかもしれないから」と言って一人で丸一日かかって掘ったものであった。得能の回想が続く。

「防空壕の中にいる間も地鳴りがしていました。朝になって、ようやく外に出ると、官舎はほぼ全壊していました。目の前には直径が四十メートルほどもあろうかと思われる、すり鉢状の大きな穴が開いていました。

周辺を歩いてみると、近くの電信柱に肉片がベチャッとこびりついていまして……。それを見た時は、身体が震えました」

爆撃は十日まで続き、電線はいたるところで切断された。停電でラジオも電話も不通になった。

得能は十日朝、防空頭巾をかぶって、数キロ離れた学校に向かう。緊急時には登校するよう指示されていたからだった。

「母は『危ないから行くのはよしなさい』と言ったんですが、『前から言われていることだから』って母の制止をふり切って、学校に向かいました。

その登校途中で、戦闘機の機銃掃射を受けましてね。飛行機は上空に見えていて、後ろから追って来て、『バラバラ』とやるわけです。学校に向かう道には、私たち女学生が使役で以前に掘っておいた防空壕が、五、六十メートルおきにありました。とにかく走って走って、そこに何度も隠れました」

そのころ、羅津沖にはソ連艦船が往来していた。船影を目撃した邦人は、間もなくソ連軍が上陸すると考えた。警察や憲兵隊は庁舎を自らの手で爆破した。

日本政府の手厚い保護を受け、朝鮮銀行券を発行していた「朝鮮銀行」の羅津支店。支店支配人だった藤野崇正は十日朝、出納主任と朝鮮人の使用人と三人で、静まり返った羅津支店の扉を開けた。以下は、朝鮮銀行史編纂委員会が一九六〇年に発刊した『朝鮮銀行略史』にある藤野の回想記の一部である。

〈金庫を開けて未発行券を取り出し、封を切って三千万円程の紙幣を山と積み、油をかけて火をつけ灰となったのを見届けて銀行を引き揚げた。全く夢中である。敵は既に雄基に侵入し、羅津港内には敵の舟艇が忙しそうに往来している。何ともいえぬ淋しい気持ちである〉

紙幣の山が炎上するのを見て、藤野は呆然としたことだろう。処分された朝鮮銀行券の総額は現在の価値に換算すると、六十億円前後にのぼる。

■避難命令の要なし

驚くことに、要塞司令部は当時、一般邦人を見捨てている。

前出した羅津府尹の北村の手記には、要塞司令官とのやりとりが記されている。それによると、要塞司令官、北村府尹、羅津警察署長、憲兵隊長などが羅津中心部の憲兵隊本部に集まった。北村は司令官に対し、戦局の見通しなどについて訊ねた。以下は、手記にある北村と司令官との一問一答である。

問　来襲敵機はソ連に相違なきや

答　大体相違なし

問　戦局の見とおしについて

答　ソ連の来襲は、みな奇異に感ずるが、アメリカその他への義理合上、参加したもので、真から日本と闘う意志ありとは思えない。したがって、一応、攻撃態勢に出たが、間もなく停戦するものと思う。ちょうど張鼓峰《ちょうこほう》事件のように

問　夜来の爆撃状況から見て、市民の犠牲者は相当出ると考えるが、市民は一応女学校裏鉄柱洞の岩石の間、あるいはトンネルの内部等に退避しているが、むしろこの際、最悪の域に達する以前、計画により避難命令を発する要なきか

答　その要なしと認むるのみならず、軍は民間の協力を求むる場合、なしとしない

張鼓峰事件は一九三八年七月にソ連・満州国境付近の張鼓峰で起きた日ソ両軍の軍事衝突で、日本軍は多大な犠牲を出した。両軍は翌月になって停戦した。要塞司令官は、今回のソ連軍による空爆について、張鼓峰事件と同様に偶発的な衝突であり、間もなく停戦になるという楽観的な見通しを披瀝《ひれき》し、一般邦人を避難させる必要はない、と足止めさせていたのである。しかし、実際はソ連が日ソ中立条約を破棄して対日宣戦布告していたことは、すでに記したとおりである。

北村は翌十日午前、要塞司令部を訪ね、司令官とふたたび会う。司令官は幕僚と司令部庁舎前に集まり、「何事か協議中」（北村の手記）であった。北村があらためて市民の措置について意見をただすと、司令官は「まだ市民の避難は時機でない。おそらくもう停戦命令が下りるであろう」と、前日と変わらぬ考えを示したという。

ところが、司令部は実は十日朝に、軍の主力を撤退させ、司令部自体も午後には、北村に何ら連絡をせずに羅津を去って行った。軍が住民を置き去りにしたことを知り、北村が住民に避難命令を出したのは、十日午後二時のことであった。避難の遅れは百人を超す一般邦人の犠牲を生んだ。

司令部の当時の措置について、要塞司令部の高級部員だった陸軍中佐は後日、北村に対して次のように告白したという。

「まことに申し訳なかった。当時（八月十日正午頃）、軍はすでに後退した後で、司令官以下幕僚等が後退すべく集結している時、府尹が見えた。その時、司令官がなお、軍が府内に健在しているような答弁をしているので不思議に思ったが、容喙《ようかい》すべき場合でないと差し控えた。今、当

時を追憶、顧みて忸怩《じくじ》たらざるを得ない」（北村の手記より）

羅津要塞に置かれていたのは砲兵部隊であり、歩兵部隊ではなかった。前述したように砲台の設置さえ終えていなかった。部隊が撤退しなかったとしても、ソ連軍に対して有効な戦闘能力はなかったかもしれない。それにしても、軍が民間人を置いて先に撤退したことは、看過することのできない事実である。

■雄基への空襲

羅津北方の雄基と、南方に位置する清津では、八月九日夜明けにソ連軍の空襲が始まった。いずれも日本海に面した港町だ。

雄基は羅津と同じく、現在は羅先市の一部である。北朝鮮最北東部、満州との境に沿って流れる豆満江《とうまんこう》から南に約二十四キロ。日露戦争当時はわずか数十戸の小さな漁村にすぎなかったが、日本本土とを結ぶ「朝鮮郵船」の航路が開設されると日本人の移住が増え、港は羅津の補助港として栄えた。

ソ連軍の空襲が雄基で始まったのは午前五時半ごろ。港から市街に爆弾が次々に落とされた。間もなく空襲はいったんやんだ後、午前九時ごろから反復攻撃が行われた。

雄基国民学校六年生の大嶋幸雄はその朝、雄基の西海岸にいた。「あの朝もちょうど、今日みたいに暑かったね」。そう言って、一九三三年生まれの大嶋が東京都世田谷区の自宅で、七十年前に時計の針を戻した。

「空襲は北の山から来た。裏山すれすれに、ソ連機十二機が横一列になって飛んできた。海中から見上げると、低いところを飛んでいるので機体が細かく見えました。『大きなバッタの群れみたいだ』と見とれていた。

『バリバリバリ』って、戦闘機の機銃掃射の音はすごかった。動いて水しぶきでも上がれば、すぐに撃たれると思って、海に浸《つ》かったまま頭だけ海中から出していた」

海上にいると、約一キロ離れた埠頭の様子が手に取るようによく見えた。「苦力《クーリー》」と呼ばれる、満州からの中国人労働者数千人が、大声を上げて逃げまわっていた。逃げる方向に爆弾が落とされると、「ウオーッ」という叫びが一斉に上がる。戦火を逃れようと反転して走りだすと、前方にまた爆弾が落ち、苦力は右往左往していた。

陸に上がって市街地に戻る途中、漁業会社の油脂倉庫が被爆していた。屋外に集積してあった、漁船用の重油が入ったドラム缶が被弾して、ロケットのように二十メートルほど飛び上がっていた。ドラム缶が何十本と連鎖して破裂。大嶋は「狂った豚のようだ」と思った。

大嶋が遭遇した第二波は午後二時ごろに来襲した。大嶋の回想。

「今度は百機をゆうに超えていた。大編隊のままで雄基上空をグルグルと大旋回ですよ。夏空が真っ黒になるほど覆い尽くされていました。デモンストレーションです。攻撃しないんだ。でもそれを見た瞬間、『ああ、日本は負けた』ってわかるわけだ」

夕方、放心状態で夕焼けを見ていると、空半分がいつまでも赤かった。約十六キロ南の羅津が炎上する火明かりだった。

■清津への空襲

「日本製鉄」清津製鉄所や「三菱鉱業」清津製鋼所をはじめとする重化学工業施設が稼働する咸鏡北道中部の清津では、九日早朝になってソ連機が日本海上から飛来し、爆撃が始まる。

満州との国境に近く、東海岸から内陸部に入った会寧《かいねい》の会寧商業学校三年だった赤尾覚《さとる》は、勤労動員に駆り出されていた「大日本紡績」清津化学工場の宿舎で、空襲に遭遇した。赤尾は「遠い南の島の出来事と思っていた戦争が、いきなり襲いかかってきた」とふり返る。

午前四時。赤尾が宿舎の廊下で不寝番に立っていると、いきなり空襲警報のサイレンが鳴った。米軍のB29が毎晩十一時に上空に現れ、満州方面へと飛び去っていく。それを赤尾たちは「定期便」と呼んでいた。だが、サイレンは「定期便」の時間をとっくに過ぎていた。虚を衝かれて度を失った赤尾は、「起床！」と叫びながら廊下を走りまわり、就寝中の仲間に避難を促した。屋外では爆弾の破裂音が響いていた。赤尾は全員が避難したことを見届けて外に出た。

茨城県鉾田《ほこた》市に住む赤尾は、二〇一五年で八十四歳。元新聞記者で、新聞社を退職後には自ら出版社を立ち上げて引き揚げの記録を綴ってきただけに、引き揚げの歴史に造詣が深い。赤尾が当時を静かにふり返る。

「宿舎に向かって、爆弾の破裂音がどんどん近づいてきた。防空壕に飛び込んだ途端、すぐ目の前で破裂したわけだ。『シュル、シュル』という音が聞こえたけど、宿舎の手前に落ちた爆弾は破裂しなかった。たぶん宿舎手前の池にのめり込んだんだろうね」

赤尾は一命を取りとめた。空襲は一時間ほどでやんだ。

翌十日。引き揚げ命令が出て、赤尾は会寧に向かう。ソ連軍は十一日から清津で艦砲射撃も開始した。日本軍が戦わずして撤退した羅津とは異なり、清津では上陸したソ連軍との戦闘が十九日まで続く。当時の記録によると、清津での戦死者は二百二十七人。民間人の死者は八月末までに百六十八人にのぼったとされる。

後述するが、日本軍は実は、ソ連軍と開戦する場合、咸鏡北道が戦場になると想定し、一九四五年春には、同方面に住む日本人の避難計画を立てていた。その避難計画に沿って、咸鏡北道に住んでいた多くの一般邦人が、会寧から西方の茂山《もざん》を経て南下するコースを歩み始める。それは、多大な苦難が待ち受ける逃避行であった。

炎暑の逃避行

■西へ、そして南へ

朝鮮総督府がまとめた「人口調査結果報告其の一」によると、ソ連や満州と国境を接する咸鏡北道に在住する日本人は、一九四四年五月の時点で約七万四千人だった。

一九四五年八月、ソ連軍の侵攻を知ると、数万人の一般邦人は住み慣れた土地と家を捨てて炎暑の中、西へ南へと逃避行を始める。それは、北朝鮮に当時住んでいた二十七、八万人の日本人を襲う苦難の序章だった。

日本軍は一九四五年春、ソ連軍と開戦すると咸鏡北道が戦場になると想定し、事前に道民の避難計画を立てていた。軍の予想した戦場地帯を避けて、羅津の西約百キロの会寧を経て、さらに西へ進んだ茂山を経由し内陸部の白岩《はくがん》に南下するルートだった。

軍の指令に従って、咸鏡北道の防衛本部は七月、この避難計画を「第九八号計画」として、各地区の官公庁や民間企業の責任者に限定して知らせていた。ただ実際には、東海岸づたいに清津

咸鏡北道民の主な避難経路（1945年8月）

方面に南下する人々も相当数いたとされる。

前出の羅津府尹だった北村留吉の日記によると、北村は府内への爆撃がゆるんだ八月九日午前、各地区の責任者を府庁に集め、避難計画について次のように明らかにしている。「（羅津要塞司令部の＝引用者注）瀬谷司令官が朝鮮軍司令部から示された極秘命令である。市民はもちろん、たとえ府庁職員にも絶対漏洩《ろうえい》すべからず。したがって万一かかる発令を要する事象に遭遇した際は、その時期等、司令官から府に通報すべしと、厳重な条件つきで内示されたものである」

実際には、この北村の説明とは違って、羅津では司令部が住民を置き去りにしたまま撤退し、それを知った北村が十日午後になってあわてて住民に避難命令を出したことは、先に記したとおりだ。

■数万人の避難行

羅津の北に隣接する雄基の警察や行政当局が、約三千人の住民に避難勧告したのは、八月十日朝であった。

前出の、雄基国民学校六年生だった大嶋幸雄は急いで荷造りした。国民学校二年生の末弟は五月に左足を骨折しており、歩くことが困難だった。そのため、お蔵入りしていた乳母車を引っぱり出して、鍋釜や食糧などと一緒に末弟を乗せて家を離れた。大嶋は両親や弟と共に避難民の行列に加わり、会寧に通じる道を歩いた。

やがて、羅津方面などからの避難民数千人も合流した。鉄道は退却する軍の専用だった。峠にさしかかり、眼下を見下ろすと、雄基の町が炎上していた。黒い煙が何本も絡み合いながら上空に舞い上がっていた。大嶋が当時をふり返る。

「万単位の人間がね、狭い道を夕日に向かって、ウッサ、ウッサと歩くわけですよ。警察官のグループがいる。武装解除された兵隊のグループもいる。暑さのあまり、バテて座り込むやつも続出するし……。

内地人だけでなく朝鮮人もいた。(解放されて喜ぶはずの)朝鮮人がなぜ、避難しているかというと、彼らもロシア兵と出くわすとどんな目にあうかわからない、と恐れていたからでしょうな。

大日本帝国の崩壊、それから朝鮮という植民地の崩壊……それを象徴するような光景だった。映画のような世界をいっぺんに見たわけですよ」

1945年８月10日、戦渦の雄基を脱出する人々を描いた大嶋幸雄氏の油彩画。「実際の路上の混雑は、こんな程度ではなかった」(大嶋氏)

大嶋は会寧に着くまでの六日間、「寝場所の奪い合いだった」と話す。「学校や駐在所など、屋根のあるところはすぐに満杯。少しでもモタモタすると、入れなくなる。そうなれば野宿しかなかった」

大嶋の目には、異様な場景が焼きついている。「どこの本にも書いてない、変な話なんだけどね」。彼は目を丸くして話を続けた。

「どこに行っても、人が泊まった後は、うんこだらけなんだ。三、四十センチの間隔で畳の上にバアーッとしてある。屋内だよ。後から来た者は泊まれないんですよ。夜なんか暗いところ歩いていると踏んじゃうんだ。駐在所でも学校でもみんなそうなの。

私に言わせれば、何百人も一斉にケツまくって、誰かが号令をかけて『始めえ!』って、そんな感じだった。そんなことはありえないいんだけど。

理由はいくつもあるんですよ。まず、夜に入って暗いうちに出ていくから、勝手がわからない。子どもなんかが『うんち、うんち』って言うと、そこでさせちゃう。ついでに自分もやっちゃう。後は野となれ山となれ、だ。そのやり方の汚いこと。普通の人間、普通の避難民がやっているんですよ。これこそが戦争の不思議さ、怖さだよ」

なかなか表には出てこない排泄物の話は、強い説得力をもって響いた。

■置き去りの乳児

羅津高等女学校三年生だった得能喜美子は八月十一日午後、両親と姉、妹の計五人で羅津の家を離れ、山中を歩き出した。父の秀文は前日十日の早朝、「軍の機密書類を焼却してくる」と言って家を出て、夕刻まで帰ってこなかった。秀文は満州電信電話の羅津における責任者を務めており、軍関係の重要な通信業務にも携わっていたのだろう。府尹の北村が避難命令を出してから丸一日遅れの出発となった。

十二日夜、山道で避難民を乗せたトラックが近づいてきた。若い兵士がメガホンで「子ども連れの女だけ乗れ！　若い者は歩け」と叫んだ。母の梅子と三歳の妹・美津子だけが、半強制的に荷台に乗せられた。梅子は何かを叫んでいたが、トラックは間もなく走り去ってしまった。混乱の中で父ともはぐれた。結局、得能が両親と再会するのは、翌年夏に帰国した後になる。

二十歳の姉・輝子と二人、日本人の集団に付いて山中を進んだ。戦時中のズック靴は粗製で、山中を歩き出すと半日もたたないうちに底が抜けた。「最初は布きれでゴム底を縛って歩いていたのですが、砂がどんどん隙間から入ってきました」と得能は説明する。足が血だらけになった。

羅津を出発して三日目の午後。獣道に敷いた薄い毛布の上に、生後二、三カ月の乳児が置き去りにされていた。「乳児が泣けばソ連軍に見つかって、他の人にも危害が及ぶとでも考えたのでしょうか。母親はきっと、涙をのんでわが子を捨てたのだと思います」

同様の光景に何度も出会った。得能が目を潤ませて言う。

「何人（の捨て子を）見たでしょうか。一人が捨てると、他の女性も『じゃあ、私も申し訳ないから』と真似をして捨てたに違いありません。そんな時、途中で兵隊さんが『トラックに乗れ』って叫んでいたのにですね、なんで乗せてもらわなかったんだろう、って悔しかったですね。十五歳の少女が、山中に乳児が置いて行かれるのを何度も見たんですよ。もう、頭がおかしくなりそうでした」

■山中で知った敗戦

ところで、玉音放送が流れた八月十五日時点で、咸鏡北道を避難中のほとんどの一般邦人は、日本の敗戦を知らずにいた。

「日本が戦争に負けたと知ったのは、八月二十二日、山の中でした」と、得能も記憶している。会寧を経て茂山を通過し、山中を白岩に向かって南下している時だった。

茂山と白岩を結ぶ白茂《はくも》線は従来は、軍専用だった。八月十九日、咸鏡北道庁が管理を引き継ぎ、避難民を列車で輸送した。しかし、同月二十二日、「茂山にソ連軍迫る」という情報を聞いて交通関係者がさっさと南下してしまったために、列車による輸送は打ち切られてしまった。得能も列車に乗り遅れた一人であった。得能が敗戦の報を耳にした「瞬間」をふり返る。

「遠くから日本人二、三人が『日本が負けたぞ！　終戦は八月十五日だったあ』と叫びながら走ってきたんです。それを聞いて、周りにいた人はみな、一様に顔を引きつらせていました」

前出の大嶋も、終戦を知ったのは白岩に向かう途中だったという。

「八月の二十何日かになって、終戦がやっとわかった。知ったのは、口コミですよ。詳しいのがいたんです。親父は『そんなことあるもんか！　停戦協定だ！』って、いきり立っていた。

そしたら、（避難民の列にいた）栗山さんという雄基の果物屋の親父が『休戦協定なんて甘いですよ。日本は世界中を相手に戦ってきたんですよ。連合軍に袋だたきにされたんですよ。見なさい、兵隊が丸腰で逃げているじゃないですか。あれ見たらわかるでしょう』って。うちの親父は一言もなかった」

■朝鮮人保安隊による略奪

避難民を苦しめた一つには、植民地支配の抑圧から解き放たれた朝鮮人による略奪もあった。会寧商業学校三年生だった赤尾覚は八月十三日、両親と五人の弟妹と一緒に、住み慣れた会寧を離れた。それから、約三百キロ南の城津《じょうしん》（現在の金策《キムチェク》）まで約一カ月間、ずっと歩き続ける。その途中、茂山に着いた翌日にあたる二十三日。町役場でコメと缶詰を配給していると聞いて受け取りに行った。ところが役場の裏にあった倉庫には、朝鮮人が押しかけ、略奪が始まっていた。役場の職員も警察官も、黙って眺めるしかなかった。

ソ連と国境を接する北朝鮮では、地理的に共産主義運動の影響が強く、解放されると、ソ連軍の扇動も手伝って、反日感情は南朝鮮より強かった。特に解放後に各地で続々と生まれた「保安隊」と呼ばれる朝鮮人の私兵集団の横暴は、目に余るものがあった。機能不全に陥った警察署や日本軍施設などを襲って武器を奪った朝鮮人が、治安維持を名目にして結成し、幅をきかせた。

元玉川大学教授の若槻泰雄の著書『戦後引揚げの記録』には、保安隊の横暴ぶりに関して、次のような記述が登場する。

〈治安維持の任に当たる保安隊はやたらに検問と称してその都度物品を奪い、乳児のミルクまでとりあげられた母親もいた。日本人の警察官をはじめ朝鮮人に嫌われていたもの、密告されたもの、そして格別の理由がなくとも、何かのきっかけで保安隊に捕われた多くのものが、厳しい拷問にあって見るかげもない死体となって返された。(北朝鮮東海岸中部・咸鏡南道＝引用者注)咸興《かんこう》では九月十四日、突然二十歳以上の全男子を老人に至るまで公設運動場に集合させられ、銃剣をもった保安隊の警備の下、丸一日ただ立ち続けさせられた。炎天下に日本人は不安の一日を送らされたのである〉

赤尾は茂山を出て三日目、茂山郊外の村で数人の保安隊員に出くわした。日本刀を腰につった保安隊幹部が「荷物検査をする」と告げ、赤尾一家の手荷物を物色し始めた。金目の物がないとわかると、別の幹部が「国旗に敬礼していけ」と怒鳴った。現在の韓国旗である太極旗に、赤尾はしぶしぶ頭を下げたという。

ちなみに、間もなく朝鮮半島北部に進駐したソ連軍当局は一九四五年十月、こうした雨後のタケノコのように増えた私兵集団を解散させ、あらためて治安維持が任務の「保安隊」創設を指令している。それが北朝鮮の警察組織の基礎となり、初代保安隊司令官には、北朝鮮の最高指導者となる金日成《キムイルソン》が就任した。

■封鎖された三八度線

咸鏡北道からの逃避行の人波は、一九四五年秋ごろまで続いた。

一方、ソ連軍は同年八月二十五日、三八度線を一方的に封鎖する。これによって、以北の在留邦人は、本土帰還に向けた南下の希望を打ちくだかれる。

〈咸北道庁職員以下道民数万人は白岩―茂山間に避難しある処、食糧不足の為、毎日死亡者相当数続出、漸増《ぜんぞう》しあるにつき、当方の救援措置を可能ならしむる様、人道上の問題として、之に協力されたきこと。

外務省よりは亀山（一二・前モスクワ駐在日本大使館参事官＝引用者注）参事官以下係官の派遣を受け、之が救出等に努力せしも、ソ連軍最高指揮官に於いては交渉開始にも応諾せず、ソ連領事館或いは万国赤十字社代表等を経由するの方法等、あらゆる方途を考慮施措せるも奏功せず。悲境に沈淪《ちんりん》しある同胞を眼前にして、中央政府及び総督府とも手の下し様なく、北鮮地帯に物資又は資金を携行潜入するも、途中掠奪《りゃくだつ》を受けて叶わず、結局如何とも為し能《あた》わざるは、熱湯を飲むの苦痛なり。

今日に至るも尚、北鮮・南鮮間の交通通信は遮断せられあり。僅《わず》かに健康を保持しあるものは、万難を排して南鮮に徒歩逃走し来る状況なり〉

これは朝鮮総督府ナンバー・ツーの政務総監だった遠藤柳作が、八月二十九日付で外務次官宛に打った電報の内容である。避難民の置かれた深刻な状況を認識しながら、改善のための有効な手立てを講じることができない無念さが伝わってくる。

終戦直後で日本国内も混乱をきわめる中、日本政府もただ手をこまぬいていたわけではなかった。遠藤の電報を受け取った外務省は、事態改善に向けた外交努力を試みる。日本の利益代表国であったスウェーデン駐在の公使に九月一日付で宛てた『「ソ」軍占領地域内邦人保護に関する件』と題する覚書には、次のようにある。

〈帝国外務省は在京スウェーデン国公使館に対し、左記日本側希望を在本邦「ソ」連邦大使を通じ、又はしかるべき方法を以て、平壌駐在最高司令官に伝達方依頼するものなり。

一、「ソ」軍占領地域内住民一般、殊に日本人の生命財産の保護に関し特別なる考慮を払われ、一般住民の不安を解消せしめられたし。

二、右地域内日本人官公吏及び警察官の抑留は、速やかに解除せられたし。

三、（省略）

四、（省略）

五、咸鏡北道茂山付近に避難せる入植民以下道民数万は、食糧不足の為、毎日相当の死亡者を出しおる模様なるにつき、日本側の救援措置を可能ならしむる様配慮ありたく、また「ソ」側においてもこれに協力方手配ありたし〉

スウェーデンを通じてソ連側に、邦人保護、とりわけ避難民の救済を懇請する内容である。外務省は九月六日には、スウェーデン駐在公使にスウェーデン外務省を訪問させ、在留邦人の保護について日本政府の代わりにソ連政府に要請するよう求めた。

■放置された在留邦人

ソ連側の回答は冷めたものだった。スウェーデン駐在の公使が九月八日に重光葵《まもる》外務大臣宛に打った電報によると、スウェーデンの外務次官補は公使に外務省への来訪を求め、「遺憾ながら『ソ』連邦側態度が斯くの如くなる以上、スウェーデン政府としては如何とも致し方なし」と伝えている。ソ連側の回答の内容は次のとおりであった。

〈日本の降伏による日本及び連合国間の敵対関係の終了は、日本の国際的地位を完全に変更し、相互の利益保護に関し全く新たなる事態を招来せり。日本に於ける「ソ」連邦利益に関する総《すべ》ての問題は、在日連合国総司令部により処理せらるべし。右の理由により「ソ」連邦政府は「ソ」連邦に於ける日本の利益保護に関する問題は根拠を失えるものなりとの見解を有し、従って「ソ」連邦に在住する日本人の地位は一方的に処理せらるべし〉

かいつまんで言えば、ソ連の回答は「日本は降伏した。交渉相手ではない」ということである。日本側の要請は完全に突っぱねられたのであった。

それでも日本政府は重ねてソ連政府に在留邦人の保護を求めた。だが、ソ連側からの返事はなかった。

日本政府は敗戦国の無力を露呈した。そして、北朝鮮の在留邦人はその後も放置され、彼らを取り巻く状況はますます深刻になっていく。

第2章
「ロスケが来た!」

1945年8月24日、平壌に入城するソ連軍兵士を歓迎する平壌市民
(写真提供:RIA Novosti/時事通信フォト)

根こそぎ略奪

■ソ連軍の進駐

日ソ中立条約を一方的に破棄したソ連軍は、一九四五年八月九日、日本の植民地支配下にあった朝鮮半島の北東部に侵攻した。

終戦を伝える玉音放送が流れた八月十五日。北緯三八度線以南の南朝鮮が、この日を比較的静かに迎えたのとは対照的に、北東部ではソ連軍の爆撃がやむことなく、十九日まで続いた。

ソ連軍は二十一日に東海岸の都市、咸鏡南道元山《かんきょうなんどうげんざん》と咸興《かんこう》に進駐。北朝鮮の中心都市・平壌には、二十四日に鉄道と大型輸送機で入城した。

米軍が三八度線以南で軍政を敷いたのとは異なり、ソ連軍は朝鮮人による人民委員会を行政の主体とする間接統治方式を採用した。ソ連軍が北朝鮮から撤収するのは、朝鮮民主主義人民共和国建国後の一九四八年十二月だった。

■シベリア送り

北朝鮮占領任務を負うソ連占領軍司令部司令官に任命された、ソ連極東軍第一方面軍第二五軍司令官イワン・チスチャコフ大将は一九四五年八月二十四日、飛行機で咸興に到着した。

「朝鮮人であれ日本人であれ、現在の職場を離れる者があれば、直ちに絞首刑にする。このことを一刻も早く部下に伝えよ」

チスチャコフは、出迎えた咸鏡南道庁幹部や京城《けいじょう》から来た朝鮮総督府幹部と飛行場で面談して開口一番、そのように言い放った。チスチャコフの発言は、その後のソ連軍による専横統治を予想させた。

チスチャコフが平壌に到着し、市内の鉄道ホテルにソ連占領軍司令部を置くのは、八月二十六日のことだった。部隊より二日遅れの入城となったのには理由があった。

北朝鮮の歴史に詳しい韓国の政治学者・金学俊《キムハクジュン》の著作『北朝鮮五十年史――「金日成王朝」の夢と現実』によると、ソ連軍はこの時期、朝鮮北半部の中心を平壌ではなく、咸興と誤って認識していたのだという。極東軍第一方面軍司令部は北朝鮮を占領した第二五軍に対し、九月一日までに咸興に占領軍司令部を設置せよと指示した。命令に沿って咸興に向かったチスチャコフは咸興に到着した当日になって初めて、北朝鮮の中心が咸興ではなく平壌であることを知り、あわてて平壌へと移動したとされる。

北朝鮮には当時、陸海合わせて約十二万人の日本軍が駐屯していた。ソ連軍はその武装解除を行うと、使役のため千人単位の作業集団に編成してシベリアに続々と連行。軍人だけではなく、朝鮮総督府の官吏や警察官まで拘束した。

さらには、〝男狩り〟も行われた。第一章で紹介した若槻泰雄の著書『戦後引揚げの記録』は次のように指摘する。

〈シベリアへ送る捕虜の人数を充足するため、軍人でない十八歳から四十歳までの一般男子を、所きらわず街頭からさえ連れ去った。二十（一九四五＝引用者注）年八月から二十一年二月まで、平壌だけでも三〇三二人の民間人がシベリアへ送られた〉

■施設の撤去

ソ連軍は、日本が満州や北朝鮮で築き上げた発電所などの施設、資材や機械類を、根こそぎ取り外しては貨車に載せた。ドイツとの戦争で疲弊した本国に運び去ったのである。

北朝鮮から撤去した最大の施設は、朝鮮と満州の境を流れる鴨緑江《おうりょくこう》に設置された、水豊《すいほう》水力発電所であった。水豊ダムと共に一九四四年三月に竣工したこの発電所の発電能力は世界最大規模だった。一九四五年晩秋からの二カ月間、約三千人のソ連兵が日本人や朝鮮人を使役しながら作業して、七基あった発電機のうち三基を解体して、持ち去ってしまった。

終戦まで水豊水力発電所長だった廣田種雄は、一九四八年三月に記した手記の中で、撤去の状況をふり返る。

〈十月下旬、三千に余るソ連軍がトラックを連ねて到着した。水豊の機械解体にやって来たのである。この思わざる訪問者に対して日本人も朝鮮人も驚いて、終戦前の協力をとりもどした。李聖道《リソンド》氏（終戦後の発電所長＝引用者注）不在のため、私ほか朝鮮人有力者がソ連軍将校の並みいるところに呼び出されて命令を受けた。「ソ連軍最高司令部の命により水豊発電所の解体を行う。日本人も朝鮮人も作業に協力せよ」と。

朝鮮人有力者の一人、張徳圭《チャンドクキュ》氏は、「いい出したらきかないのであろうから詮方《せんかた》がないさ」と嘆いた。李所長は腹の出来た人であったから、「きまったからには防ぎようがない。宜しく協力して、一日も早くソ連軍の引き揚げを計った方が賢明である」といった。尤《もっと》もなことであると思った。

三千の兵は三交替に編成せられて、昼夜を分かたず作業が始められた。水豊は、一時、建設当時の賑わいを呈《てい》した。作業は十二月中旬までつづいて、三号機・四号機・五号機が解体された〉

ちなみに、朝鮮民主主義人民共和国が建国する一九四八年に制定した国章の中央に描かれているのは、この水豊水力発電所と水豊ダムであることを追記しておく。

■「現地調達」

第二次世界大戦中、ソ連はドイツとの戦いで、少なくとも二千万人以上の犠牲者を出した。ソ連国内の施設は無残に破壊され、国民総生産（GNP）は一九四〇年と比べて一九四五年には一七パーセント減少した。終戦後、ソ連の最優先課題は、労働力の確保と経済再建であった。

こうした状況で、北朝鮮に進駐したソ連軍の駐屯にかかる経費は、「現地調達」方式を採るようになる。当時の北朝鮮地域の行政支出資料によると、ソ連兵の月給には北朝鮮の財政が充当された。

ジャーナリストの萩原遼《りょう》が米国立公文書館で探し当てた極秘文書には、驚異的な数字が載る。江原道《こうげんどう》の道検察所長が一九四六年四月二十日付で北朝鮮司法局長に宛てた「北朝鮮第二次司法責任者会議江原道事業報告書」と題する朝鮮語の文書は、「道内食糧事情」について、次のように指摘している。

〈十一種の雑穀の生産高が十二万七千九百四十トンにすぎず、江原道人口百三十四万十三人に対し、三月一日から九月末日までの百九十四日間に一万三千百九十二トンの米穀量が必要である。本数量がなければ、重労働者小市民らの生活を保障することは不可能な現状である。一九四五年度に誠出（供出＝引用者注）された米穀量は、一万七千五百八十トンである。ソ連軍の調達量を一万七千五百八十トンとし、その不足量一万三千百九十トンのうち、誠出突撃隊の活動成果によって五百トンと地主からの没収量二百八十五トンの計七百八十五トンと、道内食糧代用量として魚類三千トン馬鈴薯四千四百トンを合算しても結局、五千七トンという厖大《ぼうだい》な食糧を道外から移入せざるをえない逼迫《ひっぱく》した……（判読不能）〉

報告書の内容をかいつまんで言えば、三八度線を南北にまたぐ江原道の人口は約百三十四万人で、一九四六年三月から九月までに米穀一万三千百九十二トンが追加で必要な見通し。これに対し、地元が前年の一九四五年に供出した米穀量は一万七千五百八十トン。その次にソ連軍の調達量が「一万七千五百八十トン」と続く。つまり、供出したコメ全量を、そっくりソ連軍に差し出しているのだ。ソ連軍による現地調達のすさまじさを物語る。

囚人部隊

最初に進駐してきたソ連兵の様子には、多くの在留邦人と朝鮮人が度肝を抜かれた。前出の『北朝鮮五十年史』は、北朝鮮を占領した第二五軍について次のように説明する。

〈第二十五軍はその質からみれば、ソ連軍中でもかなり劣悪だったようだ。中央アジアの監獄から釈放された人々をおもに兵力とし、ある記録では三〇パーセントが坊主刈りの兵隊だったという。軍用列車で平壌駅に下りたとき、彼らの姿は乞食のようにみえた。ボロボロの軍服と破れた軍靴は汗と垢にまみれ、プルレプという黒パンを食糧として携帯していたが、兵にとってはプルレプは食糧でもあり、また枕でもあった。地面に座るときには尻の下に敷き、食事となればそれを食べた。

解放軍が入城したと聞いて歓迎に駆けつけた平壌市民は、ソ連兵のボロ布をまとった格好と無教養な雰囲気に驚くばかりだった。それでも、凶悪無道なナチス軍と野蛮な日本軍を打ち破った

苦労を思い、市民はソ連兵への同情を隠さなかったという〉

ソ連の政治史に精通する下斗米《しもとまい》伸夫・法政大学教授もそのように強調する。「独ソ戦が一九四一年六月に始まり（秋から）モスクワ攻防戦になると、シベリアから総動員されました。その時は囚人部隊も含め、極東にいる男という男がモスクワ攻防戦に投入された。以降、囚人を兵士として使うのは、常套《じょうとう》手段になった。正規の部隊は消耗しており、それ以外に選択肢はなかったのです」

「囚人部隊です」

国民学校六年生だった藤川大生《ますお》は、生まれ育った平壌にソ連兵が進駐してきた直後の光景が目に焼きついている。藤川は八十一歳を迎えた二〇一五年も現役の税理士。自宅と併設された東京都目黒区の事務所で、約七十年前のソ連軍入城をふり返った。

「八月二十五日前後です。汚い格好で赤鬼みたいな顔をしたのが、何台ものトラックに分乗して平壌に入ってきました。そいつらが今まで日本軍が使っていた兵舎や施設を接収して、自分たちの部隊で利用した。

三、四カ月で次の部隊と駐留を交代したけどね、最初に進駐してきた部隊はみんな、手の甲に入れ墨があった。数字が彫ってあるんですよ。囚人番号でしょうか」

すべての物資を現地調達する方式は、日本人、朝鮮人の区別なく民間人に無数の被害を生んだ。藤川の回想が続く。

「やつらはとにかく、何もモノがない。まず狙うのが時計です。腕時計だろうが置き時計だろうが、脅してひったくった。僕が仲良くなったソ連兵は、『時計なんて、自分の村には教会に一つだけしかない』と言っていた。

日本人だろうと朝鮮人だろうと、行き交う人を捕まえては、時計をひったくる。両腕にたくさんの時計をはめている兵士もいた。

連中は、ねじを巻くことを知らないんだ。だからカチカチという時計の針が動く音がしないと、『死んだ』と言って捨てちゃうんですよ」

■ピストル強盗

京城《けいじょう》帝大生の都甲芳正は、八月下旬に南朝鮮から三八度線を越え、両親が住む満州との国境に近い北西部の小さな街・平安北道郭山《かくさん》に帰郷して、ソ連兵と遭遇した。引き揚げた後の一九四九年八月に書き残した回想は詳細な描写なので、その一部を少し長めに引用する。

〈「ウーウー」と空襲警報のようなサイレンが鳴ると、それはソ連兵が郭山に来るという歓迎の合図であった。歓迎とは表向きで、実は朝鮮人でも、婦女子は家へ入れ、時計その他の金目のものは隠せということだという。ソ連軍は戦闘態勢で侵攻して来たので、略奪・暴行は、日本人・朝鮮人の区別なく行われた。それで保安隊では、歓迎と称して警報をならしていたのである。

初めてソ連軍に接した私はびっくりした。その一団は馬車を先頭に、だらだらと長い列をつらね、マンドリンのような銃をぶら下げた遊牧の民の群といった印象だった。後尾には山芋や、鶏まで従え、馬車の上には、かまどがこしらえてあった。そして赤毛の犬は旨いといって、飼い主がいようが、野犬狩りのように発砲し捕獲しながら行進した。彼等は武器弾薬以外は何も持たず、すべて現地調達しながら肥えていったようだ。

鉄道・橋梁《きょうりょう》の警備に、ソ連兵が郭山にも駐屯した。それは軍用列車が通過するからではなく、北鮮各地の工場の機械設備を撤去して運び去るためだった。日本人はソ連兵の警備小屋の使役を命ぜられ、何輛も無蓋《むがい》車に山積みされた日本製の発電機や、工作機械が北へ運び去られるのを見た。懐かしいメーカーの名が刻まれた機械を眺めながら、朝鮮人はどう感じているだろうかと複雑な気持ちにとらわれた。

ソ連兵による鉄道警備は、その後食糧の誠出（供出）が終わるまで続いた。（中略）農業倉庫には、連日、米俵が集荷され、野積みされるまでになった。郭山は米どころでもあった。日本人は貨車積みの使役にもかり出された。同じく米俵をかつぎながら、朝鮮人労働者が言った。「日本の供出の時は、まだ隠すことが出来たが、ロスケは鉄砲をもって来て根こそぎ探し出して持って行く。そして配給もしてくれない」。私は何とも返事のしようがなかった〉

ソ連兵による強盗も日常茶飯事だった。前出した藤川の家も被害にあった。白昼のことだ。食品加工会社に勤務していた父の一生は、終戦三カ月前から中国・天津に長期出張中。植民地時代の警察はすでになく、無法者を阻止する者はいなかった。藤川が首をめぐらす。

「家の前に軍用トラックを横付けするんですよ。『来たぞ』と言うと、おばあちゃんだけ残して、母と姉や妹は天井裏に隠れた。まだ若い女の兵士がニヤニヤとしながら、僕にピストルを突きつけて『動くな』と。拳銃を突きつけた女は囚人ではなく、将校に見えました。

一緒に来た四、五人の男が、部屋中を探すんです。六畳ほどのじゅうたんを部屋に敷いて、日用品や時計、洋酒などあらゆるモノをじゅうたんの上にボンボン入れちゃう。家中を物色し終わると、女に『これくらいでいいか』と聞いて、彼女が『うん』と言うと、じゅうたんの四隅を持って引きずりながら出て行った。そういう被害が二度ありました」

■一睡だにし得ず

三八度線に近い北朝鮮西海岸の都市・海州《かいしゅう》にソ連軍が進駐してきたのは、八月二十五日のことだった。間もなく「朝鮮解放恩人ソ連軍歓迎」の横断幕が街を埋め、一カ月もたたないうちに、ソ連最高指導者だったスターリンの肖像画が街頭を飾った。

二〇一四年に九十歳になった松尾千歳《ちとせ》は終戦当時、陸軍海州地区司令部で軍属として勤務していた。書類の整理や、祝辞などの文書を清書する仕事だった。

両親と弟と一緒に住んでいた家がソ連兵に襲われたのは、八月下旬だった。五人のソ連兵を、同数の朝鮮人保安隊が先導してきた。松尾が長崎県諫早《いさはや》市の自宅で述懐する。

「進駐してきたソ連兵の程度が低くて、何かあるのではないかと密かに懸念しておりましたが、現実のものになりました。五十分ほどにわたって、家の中をくまなく荒らされました。安全カミソリやバリカンまで奪っていきました。私は天井に隠れて、息をひそめていました。両親はずっと拳銃を突きつけられたままでしたが、幸い無傷で済みました」

海州に在留する日本人で組織していた海州日本人会は、ソ連軍進駐当時の模様を、「ソ連軍はただ、略奪と暴行の連続なり。日本人家庭は夕刻より門戸を閉ざして戦々恐々として一睡だにし得ず警戒」したと記録する。「海州の治安が良くなったのは十一月ごろ。ソ連の憲兵隊が進駐してからでした」と松尾はふり返る。

■米軍との落差

三八度線が道内を東西に横切る江原道では、短期間にあわただしく、米ソ両軍の進駐を経験した。

道庁がある春川《しゅんせん》には一九四五年八月二十八日から九月二日まで、ソ連軍がまず進駐した。続いて九月十八日、今度はソ連軍に代わって米軍が進駐してきた。

接待漬けになって気分を良くしていた約三十人のソ連軍部隊と、五、六百人の部隊が京城発の臨時列車で進駐してきた米軍。その落差を、終戦まで江原道内務部長を務めていた岡信侠助は目のあたりにした。彼は手記「江原道における終戦直後の概況」(一九四七年十一月)で次のように書く。

〈正確な数はわからないが、(米軍は=引用者注)五、六百は来たと思う。その数にも驚いたが、さらに肝をつぶしたのは、装備の充実していることである。寝具も食糧も、当座の飲料水までも持参した。せっかく作ったベッドも不用という。

今まで四年間戦って、戦い終わってこんな朝鮮の山中までやって来る部隊、しかもその数五、六百、武器はいわずもがな、飲料水に至るまで御持参とは、僕は夢想も出来なかったことなので、その実力の相違にはまったく驚いた。これでは敗《ま》け戦も当然と、敗因の真相をマザマザとつかまされ、完全に降参した。（中略）

ソ連軍は、春川の北四里の華川《かせん》郡まで進駐して来ている。その地帯は田舎なので、食糧等あまり豊富でなく、ソ連さん、米軍進駐まで時々春川に御馳走あさりに来て、チョクチョク悪戯《いたずら》していた〉

ソ連兵の横暴は、こうした略奪にとどまらなかった。長い戦争の間、極端な耐乏生活を強いられた彼らの凶暴性は、何よりも、女性に対してむき出しにされる。

マダム、ダワイ！

■腫れ上がった顔

朝鮮半島北部、日本海に面した咸鏡南道興南《こうなん》（今は北朝鮮咸興《ハムフン》市の一部）。この港湾都市に一九四五年九月末、内陸部の咸鏡北道白岩《はくがん》から父母ときょうだい五人で避難してきた森田茂は、避難して間もなく起きた出来事を、七十年たった今も忘れられない。森田は一九三〇年生まれ。当時は十四歳であった。

「興南の海に面したあばら長屋で、難民生活を送っている時でした」。茨城県つくばみらい市に住む森田が、待ち合わせをした自宅最寄りの関東鉄道常総線守谷駅構内にある喫茶店で、記憶の糸をたぐり寄せた。

一カ月余りの流浪《るろう》生活を経てたどり着いたのは、化学工業「日本窒素」興南工場の朝鮮人用社宅として使われていた長屋の一つだった。興南工場の従業員は終戦当時で四万五千人にのぼり、世界屈指の化学コンビナートだった。森田が声を震わせて回想を続ける。

「その日真夜中。ぐっすり寝ている時に銃声がしたんですね。それでパッと目が覚めたわけです。

隣の家でソ連兵がわめいているんです。誰かをひっぱたく激しい音や、ロシア語の怒声が聞こえました。

女性の声で『やめて』とか『助けて』という悲鳴も聞こえてきた。数人のソ連兵がやって来て、女性に乱暴していたわけです。

私たちが寝ている数メートル先ですよ。ピストルで撃たれれば、薄い壁を突き抜けてしまう。お恥ずかしい話ですが、ピストルの音を聞いて、ガタガタ震えていました。誰も助けに行けずに、ただ時の過ぎるのを待つしかなかった。あの屈折した思いは忘れられません」

翌朝、森田は隣に住む女性の顔が、大きく腫れ上がっているのを見た。

「それは見るも無惨な痛々しい姿でした。戸をどんどん叩く音や、テレビドラマで女性が悲鳴を上げるのを聞くと、ドキッとするのは忌まわしい記憶のせいでしょうか」

■逃げ出す間もなく

北朝鮮に進駐してきたソ連兵は、長い戦争の間、極端な耐乏生活を続けてきただけに、各地で略奪をくり広げた。最初に進駐してきた主力は、中央アジアの監獄から釈放された囚人の戦闘部隊。粗暴な者が多かったのは、すでに述べたとおりだ。略奪にとどまらず、多くの女性にむごい仕打ちを加えた。

興南におけるソ連兵の暴行は、一九四五年九月下旬から十月下旬にかけ、真っ先に進駐してきたソ連兵が本国帰還の交代期を前にして激しくなったとされる。

森田一家が住んでいた長屋のあった日本窒素興南工場に勤務していた鎌田正二《しょうじ》は、一九七〇年に発刊した回想記『北鮮の日本人苦難記――日窒興南工場の最後』で、ソ連兵による暴虐のすさまじさを描写している。

〈「ロスケが来たぞ」と叫ぶ声に、逃げだそうとするまもなく、数名のソ連兵がピストルを手に、ドヤドヤと靴音たかくはいりこんでくる。一名のソ連兵は、おどおどしている夫にピストルをつきつけて、部屋のそとへつれだす。妻は子供をいだいて恐怖におののいている。ソ連兵は子供をうばいとって投げだし、女にいどみかかる。女の必死の抵抗も、数名の男にはかなわない。やがてソ連兵はひきあげてゆくが、死んだようになった女は、身を伏したまま泣いている。夫は歯を食いしばって、すごい形相をしていたが、やにわに包丁を手にソ連兵を追おうとする。近所の人たちは、「がまんしろ」と押しとどめる。みんなに迷惑がかかるからと頼む。夫は思いとどまる。数日のあいだ夫はやけになって、どなりちらし、妻は苦痛のため起きようとしない〉

■若い女性は丸刈りに

満州との国境に近い咸鏡北道会寧《かいねい》の会寧商業学校三年生だった赤尾覚《さとる》は九月半ば、約三百キロ南の日本海に面する城津《じょうしん》にいた。ソ連軍の侵攻を知って、家族と共に会寧を脱出し、一カ月間歩き続けてそこに着いた。

宿舎にしたのは城津国民学校。赤尾一家と同様に南下してきた、三千人の日本人避難民であふれかえっていた。久しぶりに安心して眠れると思ったのもつかの間、ソ連兵が夜中に侵入してきた。

戦前の城津の様子を伝える絵はがき。「昭和10（1935）年前後に撮られたものではないか」（森田茂氏）（写真提供：城津会）

誰かが「ロスケがやってきた。何でもいいから物を叩いて、大声を上げなさい」と叫んだ。武器を持たず、抵抗するすべのない避難民は、みんなで鍋や釜、バケツなど大きな音が出る物を叩き、喚声《かんせい》を上げることが、せめてもの抵抗手段であった。ソ連兵の中には、大音響にひるんで逃げ出す、気の弱い者もいたからである。

薄暗い校舎の中、小銃が発射される音が響きわたった。ソ連兵の威嚇《いかく》射撃だ。そして女性の悲鳴が聞こえた。その日のソ連兵は三千人の大喚声に臆《おく》することなく、辺りを物色した後に去って行った。赤尾は次の日、「三人の女性が拉致された」と聞いた。

城津国民学校では夜になると、ソ連兵による略奪と女性の拉致が続いていた。若い女性は丸刈りになり、顔に鍋のすすを塗って難を逃れようとした。

若い女性の断髪は当時、北朝鮮各地で広く行われた。たとえば、満州との境に近い平安北道江界《こうかい》（現在は慈江道《チャガンド》に属する）では「若い女達は、ソ連兵が来るたびに、みな屋根裏や地下室に隠れるか、高梁畑《コーリャン》に身をかくした。誰いうとなく、髪を切った女に手を出さぬというので、娘達はみないがぐり頭になって、立派な中学生になりすました」と、江界日本人世話会会長を務めた八嶋茂は手記でふり返っている。

■ソ連兵相手の「慰安所」

三人の女性が拉致された数日後、赤尾一家はさらに南下して咸興に着く。

咸興駅前の大通りでは十月初め、ソ連兵が白昼に、避難民女性のモンペをナイフで切り裂き暴行した。朝鮮人が輪になって見ていた。近くには四、五人の日本人の男もいたが、ただオロオロするばかりだった。大人たちが「真っ昼間にやるなんて、ロスケはけだものだ。敗戦国民はつらいよなあ」と嘆いているのを聞いた。

赤尾一家が移り住んだ二階建ての元下宿屋の一階には、若夫婦とその妹二人が住んでいた。昼間からソ連兵が侵入してくることも頻繁だった。赤尾がため息を漏らしてふり返った。

「俺たち子どもは、二階のベランダで見張りをするのね。そして表通りにソ連兵を見つけると、『警戒警報』って叫ぶわけ。女はみんな隠れちゃうわけだ。ロスケが下宿屋を通り過ぎたら『警戒警報解除』と。ロスケが下宿屋の玄関に近づくと、今度は『空襲警報、空襲警報』って叫ぶと、女はみんな、裏口からダーッと逃げたり、押し入れに隠れたりしてね。ロスケの中には、俺たちの口真似をして『クシュケホ』って、自分で危険を通報しているのもいた（笑）」

赤尾によると、咸興では日本人女性を守るため、遊郭出の女性が十人ほど集まって、ソ連兵相手の「慰安所」をつくった。慰安所は、赤尾一家が移り住んだ元下宿屋の斜向《はす》かいにあった家屋に出来た。

「慰安所の前には日曜日になると、高い板塀に沿って長い行列が出来ていた」（赤尾）

咸興では終戦前から住んでいた邦人が一九四五年八月二十九日に、在留邦人を支援するため日本人世話会を結成した。同年十二月三日には、世話会と北部などからの避難民が一つにまとまって、「咸興日本人委員会」に改称した。

その咸興日本人委員会が一九四六年十二月にまとめた「北鮮戦災現地報告書」は、一九四五年九月当時の咸興における被害を次のように伝えている。

〈特に戦闘部隊としてまっ先に進撃してきたソ連軍の本国帰還の交替期を前にして、司令官の命令を肯《がえ》んじない不良兵の暴挙は、九月中・下旬が絶頂で、市街の周辺住宅地区を主として、昼夜の別なく不法侵入による盗難・暴行・陵辱《りょうじょく》事件が頻発、この届出が一日二十件から三十件を下らず、在留同胞は生きた心地のしない日常生活に怯えきっていた〉

報告書は、十八歳と十七歳の姉妹が十一月二日に咸興の神社で、泥酔したソ連兵の求めを拒んで、数発の銃弾を浴びて死亡した事件も記録する。

北朝鮮に在留中、ソ連兵の蛮行におびえ続けた赤尾は、一九四六年九月に日本に引き揚げてからの約三カ月間、夜中になると連日飛び起きた。

「日本人避難民が鍋や釜を叩いて、『ワーッ、ワーッ』って騒ぐ夢で、目を覚ますんだね。それが二日に一回、三日に一回ってだんだん減ってきて、そんな夢を完全に見なくなるまでに三年ぐらいかかった」

今でも一年に一、二回ほど、自宅の居間から庭を眺めていると、遠い過去に引き戻されるという。

「この窓を何とかしないといかんなあ、板を張って閉じれば、ロスケが入って来ずに済むなあ、と考えている自分がいる。直後に『俺はいったい、何を考えてるんだ』と、われに返ることがある」

赤尾はそう語って、複雑な笑いを浮かべた。

■品定め

ソ連軍の爆撃を避けて八月十一日に咸鏡北道羅津《らしん》を後にした、羅津高等女学校三年生だった得《とく》能《のう》喜美子は、十月半ばには、咸興にあった小さな学校の体育館に収容されていた。

収容されて二日目の夕方、将校と見られるソ連兵が、部下二人を従えてやってきた。「教養がありそうで、整った顔立ちをしていました」とは、得能の記憶にある将校だ。

将校は、体育館入り口近くに場所を取る得能たちに目を留めると、得能の姉で当時二十歳の輝子に何やら話しかけた。「外に出ないか」と誘ったらしかった。輝子がやんわりと断ると、相手は険《けわ》しい目つきになり、輝子を外に連れだそうとした。

得能はとっさに、将校にすがりついて「嫌だ、嫌だ」と哀願した。「私は痩せて小さかったので、年相応に見えなかったのでしょう」と、得能はふり返る。将校は困ったような表情をして、得能の頭をなでて去って行った。

翌日夕方も、将校は部下二人を連れて訪ねてきた。得能の頭をなでて、避難民にとって貴重品である卵を五、六個くれた。将校はふたたび輝子の手をつかんで外に連れだそうとした。得能は前日と同じように、泣いて将校の腰にすがった。将校はばつが悪そうな顔をして体育館を後にした。

そのまた翌日の午後八時ごろ、将校は一人でやってきた。得能に黒パンを渡すと、やはり輝子を無理やり連れだそうとした。得能は泣きわめいて将校に必死にすがりついた。しかしこの日の夜は抵抗の甲斐もなく、将校は輝子を引きずり出して、連れ去ってしまった。「将校は最初に来た日から、拉致する女性の品定めをしていたようです」(得能)。輝子は収容所を出る時、しっかりとした声で「大丈夫」と言った。

「無事に戻ってきたよ」

それから数時間後。輝子が息せき切って、体育館に姿を現した。下半身は何もはいていなかった。

輝子の話によると、将校は近くを流れる川の岸辺に姉を連れて行き、乱暴を働こうとした。かなり酔っていた様子で、ズボンを脱ごうとした時によろめいた。姉はその隙に、将校を力いっぱい突き飛ばして、一目散に逃げ出した。

後方で将校が拳銃を撃った。その弾丸は姉の耳元をかすめたという。ふたたび得能がふり返る。

「姉は二発撃たれたそうです。二発目は、姉が石につまずいた時に頭上をかすめて越えていったそうです。転ばなければ当たっていたかもしれません」

事情を知った避難民の責任者は翌朝、ソ連兵の報復にあわぬよう、得能たちを平壌《へいじょう》行きの貨物列車に乗せる手配をしてくれた。姉は列車に乗ると、意を決したように、どこからか手に入れたはさみを使って、自分と得能の髪を短く刈り上げてしまった。

一九四六年八月二十五日。八月半ばに三八度線を突破し、南朝鮮にたどり着いた得能と姉の輝子は、釜山《ふざん》から博多港に向かう。

「あの時、(身体を汚されていたら)あなたを船に乗せた後、玄界灘に飛び込むつもりだったのよ」

輝子は五、六百人の引き揚げ者でひしめく船底で、得能に向かって、このように話したという。

■敗戦国民の悲惨なる姿

引き揚げ史『朝鮮終戦の記録』や引き揚げ者の手記、証言によると、朝鮮半島北部に進駐したソ連兵の略奪や暴行は、一九四五年秋以降、ソ連軍の内務省部隊（ＭＶＤ）が進駐してから取り締まりが厳しくなり、次第に減少したという。

前述したように、当初の部隊と入れ替えで別部隊が進駐するようにもなる。ソ連兵の質は良くなり、家族を呼び寄せる将校も増え、被害は少なくなった。

しかし、鴨緑江に接する新義州《しんぎしゅう》のやや南に位置する平安北道南市《なんし》では、秋が深まってからソ連兵による蛮行が激しくなったという記録もある。南市日本人世話会会長だった牛田静雄が一九四八年三月にまとめた記録には、次のように記されている。

〈十月末、ソ連兵の婦女子に対する暴行が始まり、犯された者十数名、日夜を分かたず、連日彼らの蛮行は黙視するに忍びず、全くの地獄の有様であった。顔色も青ざめ逃げまどう姿、鬼畜にとらえられ、救いを求むる阿鼻叫喚の声、取り残されて泣き叫ぶ幼児の姿、この世のものとは思われず、敗戦国民の悲惨なる姿は、子々孫々に至るまで伝え残さるることであろう。

酷寒零下三十余度の厳寒の夜半、着の身着のまま、或る時は山を越え、一里余の山陰に待避し、又は朝鮮人民家にかくまって貰いたる等々、眠られぬ夜幾夜続きし事か。神経は高ぶり、今か今かと恐怖に明け暮れする婦女子はいつまでつづくやら〉

■陰惨な遊び

一九四六年春ごろになると、咸興や興南に在留する日本人の子どもの間には、〝ソ連ごっこ〟が広がった。

「マダム、イッソ？（女はいるか？）　トン・マニイッソ（カネはたくさんあるぞ）」

ソ連兵役の子どもが、黒パンに見立てた赤レンガをわきに抱え、朝鮮語で日本人の男役に聞く。それに対して、男役の子どもがロシア語で「ニエット（いない）」と否定する。

すると、ソ連兵役の子どもは、日本人の女性役になった別の子どもを見つけて、次のように叫んで追いかけ始めるのだ。

「マダム、ダワイ！（女を出せ！）」

鬼ごっこに似た、この陰惨きわまりない遊びの流行は、当時ソ連兵の女性暴行が日常茶飯事となっていたことを示す証左といえるだろう。

前出『北鮮の日本人苦難記』の中で、著者の鎌田は次のように書き残している。

〈日本がまだ戦争をしていたころ、軍人はよく言ったものである。

「戦争には勝たねばいけないぞ。負けたらそれこそひどい目に遭うんだ。戦争にいったことのないものは、負けた国のみじめさは分からないが、それはひどいものだ。けっして負けられん」と。

その敗戦は現実のものとなった。そして敗戦のみじめさをいやというほど味わわされ、まことに戦争は負けるものではない、いや戦争はけっしてやるものではないと、感じさせられたのは、ソ連兵の暴行掠奪を、なんらなすところなく甘受せねばならないときだった〉

第3章
閉ざされた日々

龍山墓地（本章で詳述）の移転先とされる平壌郊外の丘陵地で、
2012年10月1日、追悼の法要を行う日本からの遺族（写真提供：佐藤知也氏）

収容所生活

■家を取られて

南朝鮮に軍政を敷いた米軍は、在留邦人を早期に日本本土へ送還する方針を徹底させ、四十数万人の在留邦人は一九四六年春までに、ほとんどが引き揚げた。南朝鮮では引き揚げが急激に進んだことで、日本人が住んでいた家屋は、彼らが出て行った後に朝鮮人の手に渡ることが多かった。

しかし、北朝鮮では状況を異にした。北朝鮮に進駐したソ連軍は、終戦から十日後の八月二十五日、突如として北緯三八度線を封鎖した。京城《けいじょう》—新義州《しんぎしゅう》間の京義《けいぎ》線など、南北を結ぶ鉄道や道路などの交通手段は遮断され、人と物の往来はきわめて困難になる。

終戦前に北朝鮮に住んでいた日本人は二十七、八万人。そのうち約五万人は三八度線が封鎖される前に南朝鮮に渡ったとされるが、ほとんどは北朝鮮に閉じ込められることになった。

ソ連軍と新しく生まれた朝鮮人の公共団体は、それまで日本人が所有していた大きな住宅や施設を次々に取り上げていった。日本人は劣悪な環境の施設に収容されることになる。

■社宅追放

朝鮮半島北部の日本海に面した咸鏡南道興南《かんきょうなんどうこうなん》。前章で記したように、興南にあった世界屈指の化学コンビナート日本窒素興南工場では終戦当時、日本人と朝鮮人を合わせ四万五千人にのぼる従業員がいた。

日本人の従業員には、赤レンガの立派な社宅が与えられていた。朝鮮人の従業員には一棟八戸の粗末な長屋があてがわれた。

日本の朝鮮半島支配が終わったことで、日本人と朝鮮人の住環境は逆転する。当時の興南の様子を伝える鎌田正二《しょうじ》著『北鮮の日本人苦難記』には、支配者の立場にまわった朝鮮人が日本人を社宅から追い出し、住宅を接収する様子が、生々しく描かれている。

〈興南工場の日本人従業員をひとりのこらず避難民の状況に追い込んだのは、九月十五日から九月二十二日にかけての社宅追放だった。

（中略）九月十五日午前九時ごろ、社宅移転の命令はとつぜん労働組合から九竜里と雲城里（いずれも工場敷地内にある、日本人が居住する地区＝引用者注）の地区事務所に通達された。

その命令は、

（1）雲城里地区は水西里（朝鮮人の社宅がある地区＝引用者注）へ、九竜里地区は竜岩里（同）、

雲中里（同）、九竜里海岸社宅（同）および西本宮（同）に移転すること
（2）本日午後三時まで社宅を明け渡すこと
（3）家具類、書籍は置いてゆくこと
（4）当座の生活用品と食糧の十五日分はもってよいこと
（5）各人が一回搬出できるだけもって出ること
という内容だった。

この命令が各社宅に伝えられたのは、午前十一時ごろであった。人口およそ三千の九竜里、雲城里地区は、混乱のるつぼと化した。

どの家でも口惜しさで焼けるような胸をいだいて、もって出る品物の選択、その荷造りに大わらわだった。男はどなり、女は泣き、子供たちはわめいた。どの家具も、どの着物も、どの書籍も、すべて営々として働いて得た収入で、ひとつひとつ買ってきた大切な品である。敗戦国民とは言え、こんな無法な方法で置いてゆかねばならぬとは、だれもが胸がはりさける思いであった。

家の外では、家具類をもって出させまいと歩き廻る赤腕章の自衛隊員（施設を接収した朝鮮人が組織したものとみられる＝引用者注）、投げ売りする品物を二足三文で買いとろうとするもの、何かうまいことはないか、隙があったらとってやろうとするものたちが、社宅の外にむらがった。その群のなかで、あとに入宅する朝鮮人が、家財道具をなるべく多く置いて行かせようと監視していた。

まことに苛酷な命令だった。五、六キロもある水西里や西本宮に、一回で持ってゆけるものな

ど、ほんとうにわずかである。牛車やリヤカーも使ってはいけないという。朝鮮人の手伝いをたのむこともできない。人々は泣く泣く外へ出た。あとはすぐ自衛隊員がやってきて釘づけにし、あるいは朝鮮人が間をおかずに入宅した〉

■激減した住居、殺到する避難民

中心都市・平壌《へいじょう》や咸鏡南道の咸興《かんこう》、元山《げんざん》など日本人が多かった都市では、日本人が住む空間は圧縮された。平壌はソ連占領軍司令部の膝下であり、北朝鮮人民政権の中枢部であったため、ソ連軍や北朝鮮側は多くの住宅や建物の接収を進めた。

平壌日本人会がまとめた統計によると、終戦時には五千七百三十二戸に日本人三万一千三百八十八人が居住していたが、一九四五年十二月八日には、日本人の家二百二十四戸、朝鮮人の家七百三十八戸、接収された家二千三百二十五戸、学校などの集団収容所三十九戸、物置・倉庫六十四戸に、三万六千八百四十二人が住んでいた、と報告されている。

また、森田芳夫が著した『朝鮮終戦の記録』によると、咸興の場合、終戦前に二千二百六十戸あった日本人の住宅は、一九四五年末には一千二十八戸と、半分以下に減った。

ただでさえ、日本人の住む場所が狭くなっている都市に、ソ連軍による戦火を逃れた朝鮮奥地と満州からの避難民が大量に押し寄せ、劣悪な環境に拍車をかけた。

■市外に出よ、さもなくば銃殺

一九四五年九月二十日朝。前日に貨物列車に乗って北方の海岸都市・城津《じょうしん》を発った、会寧《かいねい》商業学校三年生だった赤尾覚は、咸興駅前広場の様子に目を見張った。

列車で南下し、三八度線近くの鉄原《てつげん》でソ連軍に阻止されて咸興まで逆送された人々と、赤尾が乗ってきた貨物列車で咸興に着いた避難民を合わせた約四千人の日本人がひしめいていた。

炊事のための燃料をどこからか拾い集めてきて、朝食の支度をする煙が立ちのぼっていた。駅の便所では間に合わず、あちらこちらで恥も外聞もなく排泄物を垂れ流していた。

「午前十時までに広場を退去し、咸興市外に出ろ。さもないと銃殺する」

両親やきょうだい五人と一緒に満州との国境に近い会寧を離れて三十数日目。赤尾一家が朝食を取っていると、武装した朝鮮人の保安隊員が声を上げた。

この日は、興南に日本軍が戦時中に抑留した英国軍とオーストラリア軍の捕虜を、南朝鮮に進駐した米軍が引き取りに来る予定だった。ソ連軍は、自軍の占領する地域の荒廃した状況を恥部と考えたのか、米軍側の目にふれないところに避難民を追い払うよう命じていた。

武装した保安隊員に監視されながら、四千人の避難民は列をなして南行した。夕暮れ近くに、約八キロ離れた市外の荒れ地に放り出された。赤尾がふり返る。

「河原に板きれやむしろで小屋をつくって野宿したのね。ところが、五日目からは雨が降りだした。川の水かさが増して危なくなったので、小屋を放棄して堤防の上に避難したけど、次の日に戻ると、小屋は跡形もなくなっていた」

別の避難民の回想を、前出『朝鮮終戦の記録』は次のように伝える。

「毎日、雨にうたれて堤防に起き伏しする。米がだんだんなくなる。最後の三日はまったく食うものがなく、親子してじっと座っていた。雨にうたれて、すっかり腹の底まで冷えきった。夕方に朝鮮家のわら屋根の煙突からほそぼそと夕食の煙がたなびくのをみたとき、親と子は相擁し泣き崩れた」

■すし詰め状態

九月二十六日、四千人は咸興市内に戻ることが許される。分散して民家や元遊郭、学校、企業倉庫などに収容された。

赤尾一家は別の避難民と共に民家の一室をあてがわれた。四畳半の部屋に全部で十人。赤尾はすし詰めの状況を「夜になると、大人は壁に寄りかかって寝た。幼い子は親が膝の上に乗せて寝かせた」とふり返る。

北朝鮮の秋は短い。咸興郊外ではコメの収穫が終わっていた。朝鮮人農家の農作業を手伝って労賃の代わりに収穫物をもらうこともできなくなった。赤尾の母は、朝鮮人農家に食べ物を無心する「乞食行脚《あんぎゃ》」（赤尾）を始める。

驚くべき数字がある。前章で引用した、咸興日本人委員会がまとめた「北鮮戦災現地報告書」によると、北朝鮮北部から戦火を逃れて南下し咸興に殺到した避難民は、九月中下旬には、在住者の二倍以上の二万五千二百十四人を数えた。

ある元遊郭には、十一月九日現在で七百十三人の避難民が収容され、一畳当たりの空間に四人強が居住していた。報告書は流入する避難者の惨状を次のように記録する。

〈疲労しきった身に鞭《むち》うちながら、目ざす咸興に到着した時には、避難途次に遭った掠奪《りゃくだつ》で、所持品は底の軽くなったリュックサックと、わずかに二つ三つの風呂敷包みくらいが掛け替えのない財産となり、身辺を振り返って暗然とさせられるのも道理であった。

親戚・知人や縁故を頼って家庭に入りこんだものは、不自由な中から分けて食べ、分けて着ることが出来たので、まだしも幸福だった。ただ漠然と咸興を一時の安住地と定めた人たちは、やむなく武徳殿、支那料理店の泰華楼、巡査教習所、馳馬台国民学校、各寺院、神社、倉庫など、大きい建物に住居をもとめて、ぞくぞく入り込み、瞬く間にどこも屋内は溢れるばかりの避難者でスシ詰めとなり、遅れて入咸した人々は、軒下に雨露を凌ぎ、路傍に菰《こも》（むしろ＝引用者注）一枚をかぶり仮寝する者も少なくない有様であった。この惨状を見るに忍びず、世話会でこれら避難者の市内各家庭への分宿計画をたて、九月十一日から収容力に従って全市に割り当て、野宿者の一掃に乗りだした。だが集団生活所の超満員は、まだ十分緩和するに至らず、長途の難行にすっかり動く気力を失い、その上、配給のない食糧不足から栄養不良に陥って、頑丈な青壮年の男子も相次いで倒れた〉

在留邦人への食糧配給は北朝鮮の地域ごとに異なるが、ソ連軍や朝鮮人の行政機関が日本人の援助団体を通じて実施した。ソ連軍が荷役など使役の対価として支給することもあった。だが朝鮮人にさえ円滑でなく、日本人への配給は途絶えがちだった。

ある記録によると、興南では一九四五年十二月、一人一日当たり平均で白米〇・八合、雑穀〇・六六合が配給された。終戦当時、日本本土における最悪の時代のコメ配給量は一日二・一合であったことを考えると、北朝鮮における配給量がどれほどわずかであったかがわかる。

■故郷に逆戻り

避難民の中には、きびすを返して、戦災にあった元の故郷に戻った人々がいた。当時十二歳で雄基《ゆうき》国民学校六年生だった大嶋幸雄もその一人。

朝鮮半島最北端に近い雄基の一部が八月九日にソ連軍の空襲を受けると、大嶋一家は雄基を離れた。西方の会寧、茂山《もざん》を経て南下し、同月二十五日、白岩《はくがん》に着いた。

標高約一千四百メートル。夏とはいえ、高原の風は肌寒かった。国道沿いに使われていない牛小屋があったので、宿舎にした。

翌日朝、「日本人は山に登れ」という指示が伝わってきた。大嶋は「地元の人に追い出されたな」と直感した。眼の前にある頭流山《とうりゅうざん》は丸禿げの山だ。

頂上には、つぎはぎだらけの大きなテントが設営されていた。避難民団のリーダー格の男が、テント内を出身地別に割り当てていった。二千人ほどが収容された。

一夜明けた二十七日になると、テントが突然解体され、追い出された。大嶋が想起する。

1945年９月14日、大嶋幸雄氏が約１カ月ぶりに雄基に戻ると、街には赤旗がなびき、様変わりしていた。右下方は日本人の集まり（大嶋氏が描いた絵）

「南下して咸興に行くか、雄基に帰るか、平壌に向かうか。今後の方針を協議している最中にテントが崩されたんです。親父は『知らないところに行けば、野垂れ死にする。雄基なら知ってるから何とかなるだろう』と決心したんです。ソ連軍は『居住地での生活を保障する』と言ってたからね。

それと、親父は人数を見ていたんです。南下組は千五百人ぐらい、北上組は五百人ぐらいだった。親父は『南下する人数が多すぎる。あんなに大勢が咸興や興南に行けば、死んでしまう』と考えた」

大嶋一家は、白岩から有蓋《ゆうがい》貨車で茂山に戻って一泊し、翌日、日本海に面する清津《せいしん》に着いた。「地獄列車に乗ったの。有蓋車だから、風がまったく入らないんだ。暑くて暑くて、そしてぎゅうぎゅう詰め。立ったままです。よく死ななかった。貨車の中では『バケツの中に頭を突っ込んで水を飲みたい』と、ずっと考えていた」

清津から雄基までは鉄道が運行していなかった。百二十数キロの徒歩行軍の末、九月十四日に雄基の土を踏んだ。

元の自宅前には赤旗がたなびいていた。知り合いの華僑が住み着いていた。この日はとりあえず木造二階建ての旅館跡に泊まった。

■鉄拳制裁

翌日、朝鮮人の保安隊から「連隊跡に行け」と命令され、大嶋たちは郊外の旧日本軍の砲廠《ほうしょう》（大砲の格納庫）に収容された。野戦重砲兵連隊の元宿営地。兵営はソ連との交戦時に、軍が自爆して破壊し、砲廠と病舎だけが残っていた。

そして保安隊が、収容された人々に警告した。

「百メートル圏外に出たら銃殺する」

砲廠の入り口は扉が欠落しており、コンクリートの床は冷たく、横になっていると身体が痛くなった。「北向きで日は射さず、寒風が吹き込んでくる。布団も何もなく、与えられたむしろにくるまって、ブルブル震えながら寝た」とは大嶋の回想だ。

男たちはソ連軍の使役に駆り出された。夜になると、日本人を憎む朝鮮人に呼び出され、次々に鉄拳制裁を受けた。

「うちの親父も殴られた。相手は『朴《ぼく》』という三十代の靴屋の主人だった。大男で閻魔《えんま》大王のような形相で、何十発も猛烈なびんたを張ったらしい。親父は土下座して平謝りして許されたそうだけど、人によっては毎晩やられた人もいたね。一番ひどい被害に遭ったのは、警察関係にいた人。あんまり殴られて病気になった人もいた」

大嶋の父・三雄がふらふらになって砲廠に戻ってくると、周囲の人は同情と好奇心をない交ぜにしたような表情で、三雄の顔をのぞき込んだ。三雄は濡らしたタオルで自分の顔を冷やしているうちに、たちまち眠ってしまった。

翌朝、顔が変色して腫れていた。三雄は大嶋に小声でこう言ったという。「初年兵の時代はこんなものじゃなかった。靴で殴られ木銃でどつかれたもんだ」。父の強がりが今も聞こえてくる。

迫りくる冬

十日ほどたつと、今度は雄基駅から南に八百メートルほど離れたところにある機関庫に移動させられた。「周囲には何もなく、野原の真っただ中。陸の孤島という感じ。鉄骨造りの施設は、巨大ながらんどう。ここでも夜になると、寒くて震えが止まらなかった」

ある日、機関車が突然入ってきた。収容者をあざ笑うかのように、機関庫の中で車体の側部から蒸気を勢いよく噴き出した。人々は屋内を逃げまどった。

十月二日。雄基駅の南にある旧「南満州鉄道（満鉄）」の社宅群に移った。大嶋一家は工夫《こうふ》長屋を割り当てられた。

六畳間に別の二家族計十三人が、四畳半に大嶋一家六人と別の家族四人、さらに男性一人の計十一人が、同居することになった。「お粗末だが、人の寝るところ。ずっとましになった」

大嶋は翌一九四六年十月にふたたび脱出するまで雄基で、収容生活を送る。大嶋によると、当初は一人当たり一日二合のコーリャンが無償で配給された。「それも臨時のことで、長くは続かなかった。とてもじゃないが足りない。盗んで食うこともあった」。大嶋はそう言って、眉間《みけん》にしわを寄せた。

満鉄の社宅群に収容された日本人の総数は、約六百三十人。雄基日本人避難民団団長を務めた吉田伊蔵は帰国後に記した手記で「毎夜、ソ連兵の襲来で、夜半の女の悲鳴が絶えなかった」とふり返っている。

北朝鮮には、厳しい冬が刻々と近づいていた。劣悪な環境と食糧不足は、在留邦人を死のふちへと確実に追い込んでいった。

飢餓と病魔が襲う

■墓には参れず

「お父さん、お母さん、六十七年ぶりに墓参りに来ました。ここで安らかにお眠りください」

二〇一三年六月半ば、北朝鮮東部・咸鏡南道咸興の市街を見下ろす丘陵地に広がるトウモロコシ畑。傘寿を迎えたばかりの今村了《さとる》は、墓石どころか埋葬の跡すら見当たらない畑の一角で線香を供え、手を合わせた。

「お父さんが好きだった日本酒を持って来ました。今日は一緒に飲ませてください」

今村は持参したリュックサックの中から、アルミ缶入りの日本酒を取り出した。栓を開けて中身を半分ほど土壌にそそいだ。缶をあらためて両手で握りしめて拝礼すると、両親に対する思慕《しぼ》の念を流し込むように、一気に酒を飲んだ。今村は両親に語り続けた。

「報告が遅れましたが、今から五十年前に私と家内が結婚いたしました。その時の結婚式の写真でございます。今は幸せに子ども四人、孫十二人、元気で暮らしております。ご安心ください。

本当にありがとうございました」

終戦の混乱期に北朝鮮で死亡した日本人の遺族らの墓参を目的とする訪朝は二〇一二年八月、民間団体の手によって始まった。今村が参加したのは、その四回目だった。

北朝鮮側が今村を案内した丘陵地は、彼の両親が実際に埋葬されたと見られる場所とは違った。両親が眠るはずの日本人の共同墓地は、咸興市街の北を擁《よう》している別の丘陵地・盤竜山《ばんりゅうざん》の麓《ふもと》に位置していると見られる。「実際にそこ（埋葬地）と推測される場所は、立ち入り禁止の場所だということで、結果的に行けませんでした」。公認会計士を営む今村は、東京都町田市の事務所で、そのように説明してみせた。

実際の埋葬地とされる場所には二〇一四年九月二十一日、訪朝した別の遺族が初めて近くまでの訪問を許された。終戦一年前に生まれた畔田八恵子《あぜた》（千葉県茂原市《もばら》在住）の父は一九四五年十二月、避難していた咸興で病死した。畔田の訪朝は二度目だった。前回の訪朝は今村と同じく、父が埋葬された場所とは別のところで手を合わせた。

「父に何としても会いたい」。畔田は九歳年上の兄と一緒に再訪朝し、父が眠ると見られる場所に近い松林にまで、足を運ぶことが許された。畔田は言う。

「それでも父の墓前にはたどり着いていません。私の中で、先の戦争は終わっていない。身体が動くかぎり、父と対面できるまでは何度でも訪朝するつもりです」

■避難先の冬

今村の話に戻そう。今村は一九三四年、咸鏡北道羅南《らなん》（今は清津の一部）で、自転車屋を営む父・三男と母・チカの下、八人きょうだいの七番目として生まれた。

ソ連軍が終戦直前に攻めてきたため、十一歳だった彼は、両親と姉、妹の五人で避難。約三カ月後にたどり着いた咸興で民家に収容された。

「咸興に着いたのは十一月ごろです。持ち物はリュックサック一つ。日本人が住んでいた民家の一室、狭い部屋に押し込められました。食事といえば一日二回、トウモロコシのおかゆだけ。いや、重湯と言ったほうがいいかもしれない。粗末どころではありません。栄養失調とシラミに悩まされ、家族全員が間もなく、発疹チフスにかかりました」

発疹チフスは、人口密集地域や不衛生な地域で発生しやすく、シラミやダニが媒介する感染症である。寒冷地や冬季に流行する。高熱と全身に広がる発疹が特徴的な症状で、第二次世界大戦時には、ナチス・ドイツのユダヤ人強制収容所でも蔓延《まんえん》、被害を広げた。致死率は、六十歳以上の高齢者では百パーセント近くになる、恐ろしい病気だ。日本では一九五五年以降、発症は報告されていない。

ソ連軍が来て、今村一家は隔離施設に運ばれた。「病院といっても、かつて学校だったところだろうと思う」。ベッドなどがあった記憶はない。暖房のない、だだっ広い部屋で、コンクリートの床にむしろを敷いて伏せる日々だった。

「四〇度ぐらいまで熱が出ました。でも医者はいないし、薬だってありません。ボーッとして天井を見ているしかありません。何もないと思ってください。ええ、ただ死を待つだけでした」

　年が明けた一九四六年二月十四日。同じ部屋で伏せっていた父が、息を引き取った。六十歳だった。

「親父が担架に乗せられて運ばれていくのは、ちょっと見ました。しかし、熱でうなされて寝ていたので、起きることもできなかった。夢うつつの中で、担架の背中の部分だけを仰向けで見送りました」

　その翌日、今度は母が、四十五歳の若さでこの世を去った。母は別の部屋に収容されていたので、今村が死去を知ったのはずっと後のことだったという。

　三月に入ると、今村と二十歳だった姉、五歳年下の妹は回復した。「関連する本なんかを読むと、子どものほうが亡くなった確率は高いとある。僕に言わせると、持ち直したのは、ただただ運だった。寿命だった。そうとしか言いようがない」。今村がしみじみとふり返った。

　ちなみに当時、梅毒治療薬であるサルバルサンが、発疹チフスに効果があると言われていたそうだ。しかし、食うや食わずの貧しい在留邦人の多くに、高価な薬を買う金などあろうはずがなかった。

　咸鏡北道吉州《きっしゅう》から咸興に避難していた清水徹《とおる》によると、朝鮮人が「発疹チフスの薬」と言って、海岸に生息する虫のたぐいを捕まえて売っていたという。清水は回想記『忘却のための記録　1945─46　恐怖の朝鮮半島』に次のように綴る。

〈海岸に行けば、どこの岩かげにもゾロゾロ這《は》いまわっている「ぞうり虫」を、生きているまま呑むと発疹チフスによく効く、という噂が流れ、そのうちに

「発疹チフスのくすり、いりませんか」

と言って、朝鮮人がぞうり虫を売りに来た。

ワラをもつかむ、とはこのことか、みんな先を争って買い求め、はじめの頃一匹が十円だった相場がたちまちハネ上がり、一匹三十円になった。米一升が二十円くらいのときである。

しかも一人一回三匹以上呑まないと効果がないという。しかし、父は残り少ないさいふの中から、三匹宛《ずつ》、都合五百四十円支払って買い入れた。みるからに気味が悪かったが、ぼくも助かりたい一心で、逃げまわるぞうり虫を、そのまま眼をつむって呑み込んだ〉

■死体が無造作に

ソ連軍の三八度線封鎖で北朝鮮各地に閉じ込められた日本人は、生き延びるために苦闘するが、その力は弱かった。わずかな配給と収入で、食糧不足は深刻だった。

栄養失調と劣悪な環境下での集団生活。発疹チフスなどの感染症が猖獗《しょうけつ》をきわめる中、氷点下一〇度を頻繁に下回る厳冬が追い打ちをかけた。

咸興日本人委員会がまとめた「北鮮戦災現地報告書」によると、咸興には一九四五年十月までに、北朝鮮北東部の咸鏡北道に住んでいた約二万五千人が、戦禍を逃れようと流れ込んだ。疲労や栄養失調などで八月末から死亡者が出始め、十月までに約二千二百人が死亡した。

避難民が押し寄せた収容所について、支援活動に当たった咸興の日本人世話会（咸興日本人委員会の前身）が残した記録には、次のように記されている。

〈戸障子が全部破れて寒い風の吹き込む北向きの八畳くらいの部屋、オンドルがおちている。片すみにわらぶとん二枚をびょうぶのようにかこんで、その中に八つくらいの子供を頭に三人の幼児が、かぼそい声を出して泣いている。「坊や、父ちゃんいるか」ときくと「父ちゃんは死んだ」「母ちゃんはどうした」「母ちゃんも死んだ」。そうしてさかんに泣いている。どうもそこに人が寝ているようである。「どうしたのか」と聞いても返事がない。動かしてよくみると、一人が死んでいる。一人はチフスの高熱にうなされている。よくきくと、清津から九名避難して、そのうち七名がたおれ、八番目が今死んで、九番目が高熱の中に苦悶している。その集団に四十名いるが、だれもこの病人を病院につれて行こうともしない〉

戦前、思想犯として長らく獄中生活を過ごし、終戦後には日本人避難民を支援して活躍した故磯谷季次《いそがやすえじ》は、咸興日本人委員会の役員に咸興の旧遊郭を案内してもらった時の痛ましい光景を書き残している。

磯谷の咸興における戦後の活躍については後に詳述しよう。ここでは彼の回想録『朝鮮終戦記』にある、避難民の惨状に関する記述を引用する。

〈案内されたその家に一歩足を踏み入れた瞬間、私は魂がにわかに凍えるような感じにおそわれた。まず異様な臭いが鼻をついた。そしてその家の中には想像をはるかに超えた陰惨な情景があった。そこに住んでいたのは、死の翼でおおわれ、沈黙に支配された一群の避難民であった。男は頭髪も髭《ひげ》もぼうぼうとのびるにまかせ、女は髪を乱し、またある女は丸坊主の男装をしていた。彼等は老若男女を問わず一様に落ちくぼんだ目をしており、顔は青白くむくむか、それとも痩せて頬骨がとびだしていた。廊下のまん中には十ほどの菰包みの死骸が積み重ねてあり、その傍らで二人の男が、まだ若い女の死体を菰包みする作業をしていた。そのそばにはまだ二、三の死体がころがっていた。その場所のまん前の部屋につめこまれた二十人ほどの視線が、菰包みの作業を全く表情を失った貌《かお》でみつめていた。

私はしばらくそこに立ちすくんで、じっとその情景をみていたが、やがて玄関正面の階段をのぼっていった。階段の上にもまた、これから下におろされる菰包みにされた、大小十ほどの性別もわからない死体が無造作にころがっていた。そして廊下に面するどの部屋にも、避難民がほとんど足の踏み場もないくらい一杯つめこまれていた。坐っている者もあれば、横たわっている者もいた。横たわっている者の中にはすでに冷たく、息絶えている者もあるかもしれず、坐っている者も、明日もまたそのままの姿を保っていることができるかどうか分からないのだ〉

■墓穴掘り

咸興日本人委員会は、越冬期には当時在住の日本人約三万人の一割にあたる三千人が死亡すると予測した。そして、地面が凍る前に盤竜山の麓に墓穴を掘る計画を立てた。

北部の会寧から、両親と五人の弟妹と共に咸興に避難していた、当時十四歳の赤尾覚は十月下旬、日本人世話会から「勤労奉仕に出るように」という指示を受けた。スコップやツルハシを持って、避難民たちが朝早く町内会長の家の前に集まった。冬に死亡者が急増するのに備えて、墓穴掘りに駆り出されたのだった。赤尾が回想する。

「幅二メートル、深さ約一メートル、長さは十メートルとか十五メートルとか二十メートルとか、いろいろ。塹壕《ざんごう》式の墓穴をいくつも掘る。三千人分を掘るということで、盤竜山の谷に縦列で掘っていったんだけど、十月末には地面が凍結していて結局、二千人分ぐらいしか掘れなかった」

その日夕刻、赤尾は墓穴を掘った複雑な気持ちを抱えて家に帰った。わずかばかりの勤労奉仕の日当を、母に差し出した。母は「どんな仕事だった？」と訊ねた。赤尾は「墓穴掘りだった」と吐き捨てるように答えた。

母は「ハカアナ」という意味がしばらく理解できないようだった。父はその横で黙って聞いていた。

後になって、赤尾がその一部を掘った共同墓地に、赤尾の父と妹が眠ることになる。シベリアの風土病と言われた回帰熱（別名・再帰熱）が原因だった。発疹チフスと同様に当時、蔓延した。回帰熱は、高熱を出した後に一週間ほどの平熱期を迎え、ふたたび三八度ほどの高熱を出す感染症だ。赤尾一家全員が発病した。

四十七歳の父は十二月十一日に、四歳の妹は十二月二十八日に他界した。父の遺体は、日本人男性二人が墓地に運んだ。赤尾の家族はみんな、病で伏せっていた。

雪曇りの大みそか――。娘の遺体を赤尾の母が背負い、実際に穴掘りを経験し墓地の場所を知る赤尾が案内した。咸興郊外の墓地に向かう道中、母が背中の妹に休みなく語りかけていた。

「日本に帰れなくて残念だったね。母ちゃんが悪かった。勘弁して。泣かずに一人で父ちゃんのところへ行くんだよ」

共同墓地に着いた。赤尾も母も埋葬に踏み切れなかった。山の中をうろうろと歩きまわった。墓地荒しではないか、と疑った葬儀屋らしい男が、いぶかしがって近寄ってきた。事情を説明すると、埋葬に手を貸してくれた。

むしろにくるんだ妹の埋葬が終わった。何度も礼を言う母に片手を上げて男が立ち去って行くと、母は埋葬地の傍らにひれ伏した。

「マサコーッ(昌子)!」

娘の名を叫び、雪が交じった凍土に爪を立てて、赤尾の母はいつまでも号泣していた。

■軍医ペトロフ

避難民の収容所を視察したソ連軍当局は当初、「部屋を掃除した形跡がない。部屋の中で無煙炭をたくのは、衛生的に悪い。水があるのに顔を洗わない者が多い。衣類・布団等は毎日、日光にさらすこと」(咸興のソ連軍衛戍《えいじゅ》司令官)などと、のんきな忠告をする程度の認識だった。

しかし、猛威をふるう感染症に、ソ連軍もさすがに衝撃を受け、日本人専用の病院を準備するようになる。咸興では十一月十九日、終戦前に日本軍陸軍病院だった済恵《さいけい》病院を開放し、約四百人の日本人患者を収容した。また、それまで日本人が治療を受けることができなかった咸鏡南道立病院は、所属の感染症病棟と別の病棟一棟を日本人専用にした。

「北鮮戦災現地報告書」によると、咸興における日本人の感染症による入院患者は一九四五年十二月末時点で、七百九十二人にのぼった。

済恵病院では、ソ連軍軍医のペトロフ少佐が院長に就任、治療の陣頭指揮を執った。

「軍服姿の顔が怖くて小柄な人だった。ニコッとでもしてくれれば、親しみをもって話の一つもしただろうけど、ニコリともしなくて、そばに近寄ることもなかった。遠くから見ているだけでした」

済恵病院で看護婦見習として患者の世話をした日下部《くさかべ》恭子《きょうこ》は、院内を奔走していたペトロフの印象を、そのように回想する。

日下部も発疹チフスにかかってこの病院に隔離された一人だった。「治っても行くところがないでしょ。それなら病院で住み込みで働けって声がかかったんです。それで何日か入院した後に、働かせてもらうことになったんです」

日下部は二〇一五年で八十七歳になった。東京都府中市の自宅で、七十年前をふり返る。

日下部によると、それぞれの病室では床にわら布団がじかに敷かれており、患者が並んで寝かされていたという。患者が息を引き取ると、わら布団は日干しにして、次の患者のためにふたた

38度線以北で500人以上の邦人が死亡した都市（1945年8月〜46年春）

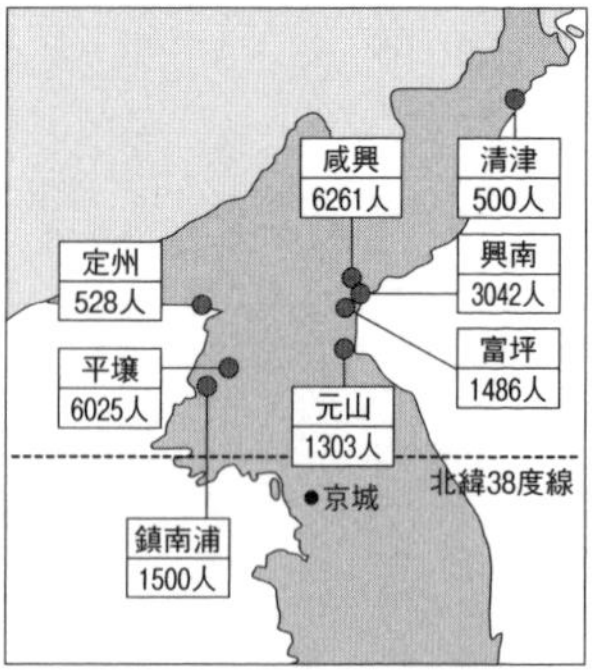

厚生省「北鮮一般邦人の資料概況」より作成

びその場に敷いた。

「たくさんの人が亡くなった。『こっちも死んじゃったよ』『ああ、そう』で終わり。人の死なんて、当たり前になってしまった」

日本人男性の葬儀班がやってきて、遺体をむしろで包んで荒縄で縛り、大八車に乗せて病院を後にした。

感染症は、医師の体までむしばんだ。一九四六年三月、済恵病院院長のペトロフ自らが発疹チフスに感染した。彼は三日三晩苦しんだ末、三十六歳の生涯を閉じた。

一九四五年十一月から翌年三月までペトロフの日本語通訳を引き受けた田谷《たや》栄近《えいちか》が、田所喜美のペンネームで記した『ペトロフ軍医少佐』によると、ペトロフは生前、田谷に「わたしは発疹チフスの蔓延を防ぐためなら、人殺し以外の何でもやるつもりだ」と語っていた。

彼の殉職《じゅんしょく》は多くの日本人に感銘を与えたという。『ペトロフ軍医少佐』には「(咸興のペトロフを知る=引用者注) 全日本人は、彼の冥福を祈って三日間、喪に服した」と記されている。

咸興市内の死亡者は当初の予想である約三千人をはるかに上回った。厚生省引揚援護局未帰還調査部が一九五六年に作成した「北鮮一般邦人の資料概況」によると、一九四五年八月から一九四六年春までに咸興市内で死亡した日本人は六千二百六十一人。実に、五人に一人が命を落とした計算になる。

共同墓地に用意した帯状の墓穴は、遺体を一体ずつ並べて埋葬する場合、死亡者の急増によって、すべての遺体を埋めることができなくなった。本格的な冬に入ると、二段、三段に遺体を重ねて埋めざるをえなくなった。

飢えや感染症による惨状は、北朝鮮全土で発生した。前出「北鮮一般邦人の資料概況」によると、一九四五年八月から一九四六年春までの死亡者は平壌で約六千人、咸興に隣接した興南で約三千人、平壌郊外の鎮南浦《ちんなんぽ》で約一千五百人など、全土で計約二万五千人を数えた。

■悲しい土まんじゅう

最北端の雄基から引き揚げてきた前出の大嶋幸雄は一九四五年十一月二十八日深夜、発疹チフスで父を失った。四十八歳だった。

その後、大嶋も発病した。ソ連軍の命によって隔離病棟に指定された満鉄クラブに担ぎ込まれた。満鉄クラブは戦前、満鉄社員の厚生施設だった建物である。

大嶋は一体、何日間そこで寝ていたのか、全く覚えていないという。正月過ぎに退院して、家族が収容されていた満鉄社宅の長屋に戻ると、部屋の中がずいぶん広くなったと感じた。大嶋が言う。

「二部屋に全部で二十四人いたうち、七人が死んだからです。あんた、収容所って言ったら、発疹チフスか回帰熱か餓死のどれかなんです。北朝鮮にいた日本人で家族が一人も欠けずに帰ってきた例なんて、ほとんどないだろうな」

前にも引用した雄基日本人避難民団団長を務めた吉田伊蔵の手記によると、雄基では一九四五年十一月初めごろから発疹チフスが発生し、瞬く間に広がった。手記には次のように続く。

〈余りのその惨状に、ソ軍（ソ連軍＝引用者注）から遂に患者隔離の命が出て、患者は火の気の全くない満鉄の倶楽部（満鉄クラブ＝同）に隔離された。私はその最初の隔離患者であり、家族五名一緒であった。

板の上に莚のみを敷き、ふとんの代わりにかますをかけている。患者の多くは凍傷にかかった。ソ軍医が来て注射をしてくれたが、薬も注射薬も不十分だった。栄養失調の抵抗力のない身体の者は、次々と死んで行った。毎日毎日、酷寒烈風の中を、菰包みの死体が河原の仮墓地に捨てられた。多くの者が就床《しゅうしょう》しているので、埋葬する人手のなかったことさえある。

満鉄社宅から三丁程離れた仮墓地には、年末までに悲しい土まんじゅうの数は百余になった〉

一九四六年春になって、石を積み上げた立派な共同墓地が、在留邦人の手によって整備された。大嶋の記憶によると、北の方角に正面を向けて、木柱を建てた。表に「日本人之墓」と、両側面には「毎時作是念以何令衆生」「得入無上道速成就仏身」という経文、南を向く裏面には「昭和二十一年三月二十一日雄基避難民団建之」と墨書された。

一九九六年秋、大嶋は、日本の旅行会社が主催する北朝鮮観光ツアーに参加した。百人余りの参加者の中には、大嶋と同じく雄基で肉親を失った人が八人いた。

彼らの願いはもちろん、肉親の墓参りだった。今は羅先《ラソン》市の一部となっている当時の雄基には、九月十三日に到着した。

しかし、墓地を目前にして、長年の悲願は叶わなかった。北朝鮮の公安関係者は「バスで行ける道がない」「墓地に工場を建ててしまった」などと、墓参できない理由をあれこれ並べたてた。

それから十八年。インタビュー当時すでに八十一歳になっていた大嶋は、目を細めてつぶやいた。

「親父の墓がどこにあるか、今でも覚えてますよ。でも、私はもう行かないの。この年になると、身体も動かない」

日本人避難民のために活躍した磯谷季次は咸興の収容所について「想像をはるかに超えた陰惨な情景」だと書いた。

だが、咸興郊外には、劣悪な環境が咸興の比ではなく、収容者の半数が命を落とした収容所があった。現地を視察した北朝鮮当局者は、そこを「死滅の村」とまで呼んでいた。

死滅の村

■父が撃たれる

　咸興の南約三十キロにある寒村、咸鏡南道定平郡富坪《ていへいぐんふうひょう》。この村に、中学二年生だった友成哲久《ともなりてつく》仁《に》が両親と二人の姉、妹と共に着いたのは、一九四五年八月二十二日の昼だった。

　その二日前。進駐ソ連軍の命令で、父が勤めていた「理研特殊製鉄」の工場があった百七十キロ北の羅興《らこう》駅を、在留邦人四、五百人と列車で後にした。友成が東京都世田谷区の自宅で想起した。

「午後三時か四時ごろ、鉄鉱山で働いていた人とかと駅に集まりました。機関車の後ろには無蓋車が三両、その後ろに有蓋車が三両。夜七時ごろにやっと走りだした。無蓋車の後部では、ソ連兵の若造がわれわれに機関銃を向けて見張っていました。

　それから二日間、動いては止まり、動いては止まりのくり返しでした。咸興の駅に着くと、貨車をふたたび、ずらっと連結しました。捕虜になった日本の軍隊が乗ってきました。それから富坪に」

富坪駅に着くと、日本兵捕虜は、駅から西に歩いて十分ほどの位置にある旧日本陸軍の練兵場に併設されていた兵舎に収容された。友成は「木造平屋で粗末な建物だった」とふり返る。兵舎は日本兵捕虜であふれており、友成一家ら民間の避難民は、兵舎の周囲に次々と設営されたテントに収容された。

四、五日たつと、避難民にはソ連軍から突如、営外退去の命令が出た。練兵場の隅にある雑穀倉庫に押し込まれた。コンクリート土間の、大きな長方形の建物だった。

「それからが大変になった。夕方になるとロスケが来る。物盗り、そして、女盗りが始まったんです。倉庫の大戸をがっちりと閉めても、馬に大戸を引かせてね。すると簡単に戸が外れて、押し入ってくる。四、五百人いる（避難民の）中で、自分の娘を一番先に坊主頭にしたのは、うちの親父でしたよ」

避難民とソ連兵が大戸の攻防をくり返しているうちに、ついに犠牲者が出た。九月二十五日深夜のことと、友成は記憶する。

「例によってロスケが来た。大戸が開かないように、がっちり閉めておいたんです。そしたら、『バババババー』って、倉庫の外で銃声が響いたんです」

侵入を阻止されたソ連兵が腹いせに、銃を乱射したのだ。銃弾の一部は大戸を貫通した。友成の痛ましい回想が続く。

「四、五百いる避難民のうち四人に当たったんです。私が寝ている右隣の家族三人、ご婦人と二人の姉妹。妹さんは即死です。そして私の左側で寝ていた親父の腹にも当たったんです」

翌日、日本軍の衛生兵だった捕虜が駆けつけて、友成の父・久敏を兵舎の医務室に運んだ。弾丸は腹の中に残留しており、摘出するための手術が急遽、行われた。「腹膜炎を起こしており、おなかがパンパンでした。すでに手遅れでした」。久敏は帰らぬ人となった。五十八歳だった。

「これが当時の死亡診断書です」

友成がそう言って、大切に保管していた書類の束から、色あせた一枚を取り出した。手書きで次のように記されていた。

病名　腹部貫通銃創
昭和二十年九月二十八日午後十時五十分
死亡場所　咸鏡南道定平郡広徳面富坪里
死亡原因　不慮災害死

「おまえたち、ここにいると死んでしまうぞ。一週間以内に脱出しろ」

友成によると、久敏は医務室に運び込まれる直前、あえぎながら家族にそう言い残したという。〝遺言〟に従って、友成一家五人は、大黒柱の死から三日後に当たる十月一日に脱出を決行した。三八度線に向かって徒歩で南下したのである。

富坪に収容されていた日本兵捕虜は、間もなくシベリア送りとなり、ほとんどの避難民は元山に移された、と友成は聞いた。彼が厳しい顔つきで言葉を継いだ。

「日本に帰ってきた後に知ったんですが、その冬、新しく富坪に移されてきた方々は、われわれなんかより、ずっと陰惨をきわめたそうです」

■咸興からの強制移住

咸興市日本人委員会による「北鮮戦災現地報告書」によると、満州やソ連との国境近くから咸興に避難した日本人は一九四五年十月十五日現在で、二万四千四百四十九人。終戦当時の人口が約一万二千人だった街は、避難民であふれた。

栄養失調や発疹チフスなどの感染症による死亡者が八月末から出始めており、八月には三百二十八人、九月には七百七十七人、十月には一千百九人、十一月には一千百七十人とうなぎ登りに増えた。

状況がさらに悪化するのを恐れた、ソ連軍と朝鮮人による地元行政機関の咸興人民委員会は十一月二十四日、避難民約三千三百人を富坪に疎開させる計画を決定する。計画実行前に責任者を派遣して定平郡人民委員会、警察署にあたる保安署と協議し、宿舎および主副食物、衣服、寝具などの十分な準備を約束したうえで、移住の承諾を取り付けた、とされていた。

そして、十二月二日、強制移住が断行された。その数は咸鏡南道人民委員会の記録によると、三千二百八十二人。避難民が密集する収容所では、くじ引きによって移住者が選ばれた。

小雪がちらつく曇天の下、避難民は追い立てられるように、咸興駅で貨物列車に乗せられた。

満州との国境に近い咸鏡北道会寧から避難していた元会寧郡守（行政トップ）の川和田秋彦もその中にいた。

川和田は日本本土に引き揚げ後、一九四六年十一月六日付の「新潟民衆新聞」に寄せた「流《りゅう》氓《ぼう》」と題する手記で、次のようにふり返る。なお川和田はこの時、中村信介というペンネームを使っている。

〈十二月二日払暁《ふつぎょう》、我らの難民一部三千百余名の一団に〇〇収容所移動の令は下った。敗戦国の流民、今さら何を言えよう、黙々としてこの運命を甘受するのみであった。

身支度を整える迄もない倉皇《そうこう》として又々家を棄てねばならなかった我々は、寒風肌を裂く北鮮の烈風に吹きさらされながら、無蓋車に積み込まれ、収容所送りとなったのであった。その中には当時四十余度の高熱の床を叩き起こされた二人の我が子もおった〉

文中「〇〇収容所」の「〇〇」は富坪だが、地名が伏せられていた。これは当時、米軍占領下で言論統制が行われていたことを反映したものだろう。

師走の兵舎

避難民を乗せた列車は午後三時ごろに咸興駅を出発し、約一時間で富坪駅に着いた。雪空のため、外はすでに暗くなっていた。

地元との事前の約束は反故にされていた。避難民を収容する兵舎は、日本兵捕虜が去った後、補修されずに荒れたままになっていた。

避難民は九棟ある兵舎に、一棟当たり三百人から四百人に分けて収容された。富坪で収容生活を送った故北村秋馬《ときま》は、桜井二郎というペンネームで二〇〇八年に『死の冬　十四歳が見た北朝鮮引き揚げの真実』という回想記を発刊した。その中には収容所の詳しい記述がある。

北村は一九三一年に三八度線からわずか三十キロのところにある江原道福渓《こうげんどうふっけい》に生まれた。一家は一九四五年九月初めにソ連軍に捕まり、咸興に送られた。そして、二カ月半の避難民生活を経て富坪に送られた。前掲書には次のように記されている。

〈各棟の広さは、横が二十五間、縦が六間の約百五十坪ほどである。通路を除くと残りは八十坪しかない。そこへ三百人を超える難民が割り当てられた。一坪に四人弱、畳一枚に二人が寝起きすることになる。あいにくこの兵舎の床は板張りだ。土間の通路から一尺ほど高い。仕切りの壁の代わりに、兵士が銃をおく銃架があった。

一行九名には入り口に近い北の隅があてがわれた。九つの棟には炊事用の設備がなかった。難民たちは家族ごとに室内で火を焚《た》いて炊事をする。そのために煤煙《ばいえん》が室内に充満し、目とのどを痛める者が続出した。巡察に来た保安隊に咎められ、ただちに戸外で炊事するよう厳命が発せられた。

なにしろ荒れ放題の兵舎であったためか、窓がありながら窓枠もなく、師走の寒風は容赦なく吹き込んでくる。叺《かます》（むしろでできた袋＝引用者注）を開いて窓に張りつけ、なんとか寒風を遮ることができた。室内には暖房用のペーチカ（暖炉＝同）があったが、燃料の薪も乏しく、暖めるほどの効果はなかった〉

ソ連軍は収容者の外出を禁じ、兵舎の近くでは朝鮮人の保安隊が目を光らせた。人民委員会からの配給は、コメと雑穀を合わせて一日一人当たり二合。副食は出なかった。

北村の手記にあるように、避難民は寒気が吹き込むのを防ごうと、ガラスが落ちた窓に叺をぶら下げた。そのため、屋内は日中でも暗かった。収容所に電灯が灯るようになるのは翌年二月を待たねばならなかった。

富坪への移送後二、三日目から、脱出者が出始める。「ここに残れば必ず死ぬ、脱走しても先は分からない。どうせ死ぬなら、運を天に任せて南下しよう」（『死の冬』より）。体力のある避難民は監視の隙を見て、元山などをめざして脱出した。その数は最終的に約四百人を数えた。

■死滅の村

年を越した一九四六年一月になると、ソ連軍や人民委員会に、収容者約六百人が死亡したという情報がもたらされた。同月半ば、ソ連軍司令部と咸鏡南道人民委員会保安部、同委員会検察部、咸興日本人委員会は実態を把握するために合同調査団を構成し、富坪に急派する。

手元に、「富坪移管日本人状態調査報告及意見書」（以下、報告書）と題する書類のコピーがある。調査団に参加した咸鏡南道人民委員会検察部情報課長だった李相北《リサンブク》がまとめた報告書の日本語訳で、手書きで外務省の用紙に記されている。それによると、一九四六年一月十日現在で死亡した収容者の累計は五百七十五人、脱出者は三百六人。残留者二千四百一人のうち、「活動可能男女」（ある程度動くことができる男女という意味か）の総数はわずか五百人。さらに栄養失調と感染症患者は合わせて七百八人とある。報告書の主な内容を、少し長くなるが抜粋する。

〈住居及び施設状態
（イ）分宿九棟中、三棟以外は窓戸等の設備全く無し
（ロ）分宿九棟中、三棟以外は採光不能のため白昼にても咫尺《しせき》を弁ぜず（視界がきかず、至近距離でも見分けがつかない＝引用者注）
（ハ）九棟全部が炊事設備皆無にして各自屋内にて炊事をなす為、屋内には煤煙が充満し、目を開ける術もなく、一時間にわたる調査中も呼吸は困難なり
（ニ）衣類一枚で着替えは全く、寝具も殆《ほとん》ど無く、其の全部が叺を覆いて就寝する状態なり
（中略）
移動日本人の一般状態
最初日本人の食糧基準は二合なるも、一月十日以降三合に変更せり。此の不合理なる人民委員会の差別基準が、日本人の食糧不足に依る一般的栄養失調を招来せしめたる原因にして、移動直前に道市委員会幹部と保安部責任者が定平保安署に出張し、日本人避難民三千余名を富坪に移動

することを提議し、其の収容に対する準備を協議したる結果、主食物及び副食物はもちろん、寝具と宿舎施設の完備まで責任を持つと言明し、承諾したるにも関わらず、道市人民委員会は移動以来、米穀三十六石と雑穀二十四石の配給をなしたるのみにて、住居施設、副食物、衣類、寝具等には何らの援助もなさず、そのために三千余名の生活物資を微かな地方の自力にて援護し来たるも、道委員会の全幅的支持なき限り、日本人避難民の悲惨なる現状打開の可能性なし。

ここに看過出来ざる重要なる事実の一つは、まず定平人民委員会及び保安署の計画は厳冬を前に、設備、衣料、寝具、食糧等の関係を考慮し、一箇所に三千余名を集合収容するは意の如くならざるものと思考し、健康者と諸事情の許さる日本人を全面的に朝鮮人家庭に分散寄宿させ、生産に採用・助力させる計画なりしも、ソ軍当局は日本人の外出を許可せず、種々交渉したるも実行出来ず、十日現在も捕虜収容所の如く厳重に監視し、外出も許可されず、其の結果、日本人は自由に物資を購入する機会を遮断され、栄養不良と（なり＝同）防寒保温は一層不可能となり、かつ促進せり。所持金は皆無にして日本銀行券五万三千円は凍結され、使用できず咸興日本人委員会に預置中なり。

（中略）

現在状況

富坪避難民の宿舎、前日本軍演習廠舎《しょうしゃ》は実に呪われたる存在なり。それは実に煤煙と余りの悲惨さに涙を禁じ得ない飢餓の村、死滅の村である。

襲い来る寒波を防ぐための戸窓は足りず、叺で封鎖され、白昼でも凄惨の気に満ちた暗黒の病室である。それは避難民を救護する宿舎ではなく、呪いを受ける民族の纏《まと》められた死滅の地獄図である。老幼と男女を問わず、蒼白な顔、幽霊の様にうごめく彼らは皮と骨となり、足は利かず立つ時は前身を支えることも出来得ず、ぶるぶると震え、子供達は伏して泣き、無数の病める半死体は呻《うめ》きながら叺の中に仰臥《ぎょうが》しており、暗黒の中に咳にむせびつつ、大人が極度に衰弱せる子供を抱いて食物を作りつつ、其此此處《そこここ》に座しているのは、実に地獄の縮少図以外の何物でもない。

彼らのすべては気力も希望も持ち得ず、既に死のみを待望するという陰惨な破滅の影像のみがそれを包んでいる。幼女の髪と足先を露出させた叺で巻いた死体を、力なく背負い、よろめきつつ死体合置場へ歩いて行き、無造作に放置されている叺（死体）の傍らによろめきながらにじりより、其のまま死体をそのたまりに下ろして力ない眼で眺めている。死体は幼く顔は明瞭ではないが、彼女のかわいい子供であろう。彼女の顔は悔恨も煩悩もなく、ただ人間の悲しい表情のみである。それは絶望と飢餓と永劫の憂苦に喘《あえ》ぐ人間の苦悩以上の表情であった〉

「死滅の村」「地獄の縮少図」――。冷静であるはずの検察官でさえ、収容所の実態に愕然《がくぜん》とした様子が、報告書の記述から如実に伝わってくる。

特筆すべきは、李相北は戦前には日本人によって抑圧された民族なのに、人道主義に基づいて日本人避難民の待遇改善を強く主張していることであろう。ソ連軍と行政当局の怠慢と非人道的な行動に対し、真っ向から批判している勇気も評価に価する。李相北は報告書の最後で次のように糾弾している。

〈結語

一、権力機構としての人民委員会内部に蠢動《しゅんどう》する統一戦線の攪乱《かくらん》者、民族排外主義者等意識・無意識的なるファシストを急速に粛清すべきなり。

二、食糧配給の日鮮差別基準を案出した責任者、避難民を組織的に迫害した責任者、富坪移管所の施設準備と食糧配給を約束して、意識的にサボタージュした責任者を処断すべきなり〉

■生き残るわれら泣き濡れて

李相北の報告書と意見書は、朝鮮の行政当局や咸興日本人委員会に、大きな波紋を投げかけた。主食の配給量は従来の一人一日当たり二合から三合になり、咸興日本人委員会から多量の塩魚や衣類が送られ、医療設備も改善された。富坪に収容された日本人の死亡者は一九四六年一月の五百八十二人をピークに、二月には二百五十二人、三月には百九十一人、四月には三十四人と目に見えて減少した。五月にはついに一人の死亡者も出なかった。

しかし、富坪における日本人死亡者は強制移住が始まった一九四五年十二月から一九四六年四月までの五カ月間で、一千四百三十一人に達した。脱出者を除くと、実に収容者の二人に一人が死亡した計算となり、当時の北朝鮮で最大の日本人犠牲地だった。百五十人の子どもも孤児になった。

肉親を失った遺族は当初、収容所敷地外のあちらこちらで穴を掘って、死亡者を埋めていた。

しかし、地面が凍結して十分に掘ることができず、野犬が遺体を荒らすケースが続出した。このため、旧日本陸軍がかつて収容所北側に築いた塹壕《ざんごう》の跡を掘り広げ、共同埋葬地とした。遺体はむしろにくるんで埋葬されたが、咸興の共同墓地と同様に、死亡者が増えて墓穴が不足したことから、遺体は三段、四段に重ねて埋められた。

一九四六年三月半ば、共同埋葬地で慰霊祭が行われた。「嗚呼戦災日本人之墓」と大書した松の木の慰霊碑が建てられた。会寧郡守だった前出の川和田が代表で、追悼文を朗読した。そして自作の歌を詠んだ。

息たえし同胞の衣服はぎとりて羽織りてせめて寒さをふせぐ
なりふりで男か女か判らない屍体が土間にころがつてゐる
今日もまた叺つつみの屍体が十個あたりまへのやうに運び出された
生き残る千五百のわれら泣き濡れて千五百の同胞の慰霊祭をする

子ども二人を当地で亡くした川和田が歌を詠むと、生存者全員は声を上げて泣き、それは山野を揺るがすほどだったという。

満州避難民

■満州からの避難

一九四五年八月九日午前零時。日ソ中立条約を破棄したソ連軍は国境を越え、満州に侵攻した。約一時間半後には、満州の首都・新京を最初の空襲が見舞う。当時満州で暮らしていた約百五十五万人の一般邦人の一部は、ソ連軍の侵攻から逃れるため南へと疎開した。

作家の故藤原ていも、その一人だった。藤原はソ連参戦後、幼い三人の子どもを連れ、新京から国境を越えて朝鮮に避難し、さらに朝鮮半島を縦断して日本に引き揚げた。北朝鮮での避難生活や引き揚げ道中の苦難を描いた藤原の作品『流れる星は生きている』は、一九四九年五月に刊行されると、社会に衝撃を与えた。引き揚げ回想記として数少ないベストセラーになった。

藤原の体験は決して、彼女だけの特別なものではない。一家の稼ぎ手を満州に残して北朝鮮に避難した女性や子どもたちは、三八度線に阻まれて北朝鮮に留め置かれた。ソ連兵の暴行に怯え、貧困はやがて栄養失調と疾病を招いた。

二万人余りの満州避難民が流入した平壌では、その二割に当たる四千七百人が死亡したとの記録が残る。満州やソ連と国境を接した北朝鮮北部の咸鏡北道に住んでいた日本人と並んで、満州避難民は、北朝鮮における最大の犠牲者だった。

■男たちを残して

満州第二の都市・奉天（現・遼寧省瀋陽）の朝日高等女学校三年生だった滝沢（旧姓・井口《いのぐち》）真紗子は傘寿をとうに越えた今も、満州を離れた日の出来事を鮮明に覚えている。ソ連参戦から三日ほどしてからのことだ。

滝沢一家が暮らす二階建ての官舎の一室。夜のとばりがすっかり下りたころ、軍の特務機関に所属していた父の井口東輔《とうすけ》は帰宅するなり、真剣な表情で「奉天周辺が主戦場になる可能性があるから、足の弱い女・子どもから疎開させることになった。身のまわりのモノを持てるだけ持って、明日の朝、奉天駅に集合しろ」と告げた。

集合時間までわずか数時間しか残っていなかった。滝沢はあわてて、着替えなど詰められるだけの荷物をリュックに詰め込んだ。まだ夏真っ盛りだというのに「冬物を持って行け」という父の言葉が、この先の艱難辛苦《かんなんしんく》を暗示しているかのようだった。

奉天駅は、疎開する日本人でごった返していた。引率役の兵隊のほかは、女性や子どもばかりが目についた。

寝台列車に揺られること一昼夜。「前の列車が詰まっている。ここで降りてくれ」という声が聞こえた。降ろされたのは、平壌だった。

滝沢たちは、もとは社宅だったという建物に収容された。家主はすでに日本に引き揚げており、室内には布団がそのまま残っていた。

そして、八月十五日。「重大な放送がある」と聞き、近所の人と一緒にラジオに耳を傾けた。雑音がひどくて、よく聞き取れなかった。誰かがそばで「日本は戦争に負けた」と言った。

「これからどうなるんだろう」。漠然とした不安が脳裏をよぎった。滝沢たちを率いてきた若い二人の兵隊が狼狽《ろうばい》した様子で「上官の命令を聞いてくる」と言って、ふたたび奉天に引き返し、そのまま戻ってこなかった。

■女・子どもは平壌に

満州を実質的に支配していた関東軍は、ソ連軍の侵攻直後、在留邦人に疎開を指示した。朝鮮半島に拠点を置く第一七方面軍に対しては、「最大輸送量をもって、新京・奉天地区の一般住民、満州国官公吏・軍人軍属の家族の輸送を実施するにつき、援助を依頼す」との至急電を発し、新京や奉天の在留邦人を南下させる方針を伝えると同時に、輸送協力を要請した。

第一七方面軍は京城以南が米軍との交戦地帯になると予想し、満州からの避難民を平壌以北に入れることを決めた。その結果、統制の取れた軍人・軍属の家族が一九四五年八月九日に出発したのを手始めに、大量の日本人が列車で続々と朝鮮に南下してゆく。満蒙同胞援護会が一九六二年にまとめた『満蒙終戦史』によると、一九四五年八月十三日までに北朝鮮入りした日本人は六万一千五百六十四人にのぼった。

滝沢が奉天駅で見た光景が示すように、北朝鮮の土を踏んだ満州避難民の大半は、一家の主を欠いた女性や子どもだった。終戦前の緊急召集で男性の多くは満州に残留した。さらにソ連軍は満鉄を運行させるため、避難した満鉄職員に現場復帰を命令し、関係者など約二万人が九月三十日までに満州に帰っていた。

滝沢たちが疎開した平壌は、北朝鮮で最大の満州避難民を受け入れた都市となった。流入した日本人の数は約二万一千五百人。当初は学校などの公共施設に収容された。しかし、ソ連軍が進駐すると、新たな支配者は退去を命じ、避難民は民家や旧遊郭などに移住させられた。

平壌満州避難民団本部で活動した福島貞紀が帰国後に記した手記「平壌に於ける満州避難民団の概況」によると、九月下旬には、収容所となっていた平壌高等女学校が接収され、二千七百人の避難民が旧遊郭の建物に移された。「六畳に二十四、五人、四畳半に二十人近くも入れねばならない状態」だったという。

コメの配給もなく

滝沢たちは終戦から一週間ほどした後、元の家主が日本に引き揚げた空き家から、女学校の講堂へ移された。さらに一九四五年末には、平壌市内を流れる大同江《だいどうこう》近くの遊郭だった建物に収容された。遊郭では二十畳はあろうかという大広間に、大勢の避難民が雑魚《ざこ》寝していた。

ソ連兵の牙は、避難民の女性に向いた。真っ暗な室内。腕時計をいくつもはめたソ連兵は、腰に下げた雑嚢《ざつのう》でシュッとマッチを擦って火をつけると、避難民の顔を一人ひとりなめるように見まわし、若い女性を連れて行った。「『助けて』と言っても、誰も助けられないんです」。滝沢は膝を抱えて、震える仕草をして見せた。滝沢は自衛のため、おさげだった髪をばっさりと切った。

秋が深まると、コメの配給はなくなり、主食は雑穀やくず麺が大半となった。大根や白菜などの安い野菜に、一椀の水っぽいかゆを一日二回する状態にまで悪化した。「目玉が映るくらい水っぽいかゆを朝、晩に一杯ずつ。みんなガリガリに痩せていきました」と顔を曇らせる。

避難民の間で、栄養失調と発疹チフスが猛威をふるいだし、体力のない乳飲み子や年寄りから次々と命を落としていった。滝沢家でも十一月半ばになると、古希をとっくに越えていた二人の祖母が相次いで衰弱死する。二人の遺体は火葬にされた。

一九四六年元日。年が明けてめでたいはずの日に、今度は母が息を引き取った。

「前日までは元気で、お正月のおせち料理の話なんかしていたんですけど、朝、目を覚ましたら熱が出て、意識不明になりました。『誰か診てくれませんか』『薬はないですか』とあちこち、お医者さんを探しまわっているうちに、どんどん足から冷たくなっていきました」

四十年の短い生涯だった。母が亡くなると、彼女の頭髪の中に潜んでいたシラミが「まるで羊の群れが草原を走るように、シュルシュルシュル」とはい出してきた。

母の後を追うように、五歳の妹も二週間後に栄養失調で夭折《ようせつ》した。

滝沢の母と妹の遺体は土葬にされた。そのころになると、困窮する避難民には火葬代を支払う金銭的な余力はなくなっていた。遺体はむしろにくるんで、頭と足の両端を縄で縛り、大人の男性が大八車に乗せて運んで行った。滝沢は弟と、大八車の後を追った。

埋葬されたのは、平壌中心部から約八キロ北西部に離れた「龍山墓地《りゅうざん》」。もとは火葬する習慣がなかった朝鮮人の埋葬地だった。終戦後、在留邦人側が平壌人民委員会の許可を得て、火葬できない日本人の遺体を葬ることになった。龍山墓地という名称は、墓地があった平安南道大同郡龍山面にちなむ。

■墓地の改修

〈日本人の死体で完全に埋葬されたものはほとんどない。掘るのもいい加減にして、土を少しかぶせただけが多い。死体を入れた棺はつぎの死者のためにもって帰っている。死体の多くは叺にまかれているが、死体の着物がぬがされて裸のものが多く、ただ両足をくくり、手を身体につけるようにしている。その手や足が地上にあらわれているのがあり、また身体がそのまま外にでているのもあり、全く見るにたえなかった〉

これは、龍山墓地から三キロ離れた大馳嶺《だいじれい》にある鉄道官舎独身寮に収容されていた松木福次の回想録の一節だ。

松木は一九三一年、建設業「西松組」（現・西松建設の前身）の一員として朝鮮半島へ渡り、満浦線の鉄道工事や、鴨緑江に注ぐ虚川江《きょせんこう》の水力発電事業などに携わり、終戦時には平壌の陸軍兵器廠の地下工事をしていた。

秋の深まったころ、燃料になる松かさを求めて、墓地に赴き、その惨状に目を疑った。

松木は平壌人民委員会に墓地改修の許可を申し出て、総勢二、三十人で一九四六年一月から改修工事に取りかかった。平壌日本人会に回覧板をまわし、龍山墓地に遺体を運ぶ際は報酬として米一升と薪一束をつけるよう頼んだ。

極寒の中、死体があちこち散乱する墓地での工事は、一筋縄ではいかなかったようだ。

松木や、改修工事に携わった元西松組京城支店土木課長の岡本義人の回想録によると、労働者たちは、地面から突き出た死者の手を見ては「キャッ」と叫び、足を踏みつけては「ワァッ」と言って騒いだ。

平壌の緯度は、日本の山形県や秋田県とほぼ同じだが、大陸の冷たい空気が流れ込むため、日本よりも寒い。冬場は地面がカチカチに凍り、遺体を埋葬する穴も満足に掘れないほどだった。火を炊き、カチカチに凍った土を溶かしながら、死体の手を引っぱり、あるいは死体を抱えて、工事は進められた。

この間も、墓地には多くの遺体が運ばれ、岡本は「死んだ子供を背負ってきた母親が、墓地ではその着物を脱がせて顔にだけ布切をかけ、はだかのままの死体を埋葬していた。着物は金に換え食糧を求めるためで、実に悲惨そのものであった」と残している。

改修工事に必要な測量器具もなかった。岡本が平壌人民委員会に測量器具の借用を申し出たところ、「敗戦国の日本人が戦勝国の朝鮮の土地を測量するとは何事だ」と怒鳴られ、「ほうほうの体《てい》で帰った」という。労働者たちは縄切れを拾い集めて、約三十メートルの一本の縄をつくり、一メートルごとに印をつけ、それで墓地を測量した。

工事は三月中旬にほぼ終わり、平壌日本人会による慰霊祭が営まれた。五、六百人の参列者が龍山墓地に近づくと、黒いカラスの大群が後を追いかけ、僧侶の読経の声は参列者の嗚咽でかき消された。

改葬した墓には、一つひとつ木の墓標が建てられ、埋葬場所を示す縮尺平面図と、埋葬者名簿が作成された。岡本は「三年、五年後、あるいは十年、十五年後に日本と朝鮮が仲よくなって、ここに自分の肉親の遺骨をたずねてくることがあろう。その時のために図面を作っておこうということになった」と綴る。

名簿の大きさは縦一メートル十六センチ、横八十センチ。褐色の朝鮮紙に「平壌市龍山墓地日本人埋葬者名簿（四月四日現在）」と書き、二千四百二十一人の名が記されている。そのほとんどが満州避難民だった。

■名簿が導いた墓参

二枚つくられた埋葬者名簿のうち一枚は、平壌日本人会に預けられ、日本人会の解散後、北朝鮮工業技術総連盟日本人部の次長を務めた佐藤信重に託された。

後に詳しく述べるが、日本人部は、米ソ間の協議がまとまり正式引き揚げが始まった後も、朝鮮人民委員会に請われて産業復興のため北朝鮮に残留した日本人技術者の中央組織だ。

当時平壌で暮らし、二〇一四年に八十三歳となった佐藤の次男・知也は「『何年後になるかわ

龍山墓地の埋葬者名簿を指さす滝沢真紗子氏

からないが、残留する技術者のみなさんが帰国する際にお持ち帰りください』と言われ、日本人部の事務方の責任者だった親父が預かった、と聞いています」とふり返る。

佐藤が持ち帰った、この名簿がきっかけとなり、後に埋葬者の遺族が見つかり、墓参が実現することになる。

終戦から六十七年を経た二〇一二年秋。知也を団長に墓参団が組まれ、前出の滝沢真紗子ら計十六人は龍山墓地を訪ねた。

墓地があった場所は、変電所の関連施設になっていた。警備が厳しく、一行が近づこうとすると、朝鮮人民軍の兵士と見られる警備員に遮られた。

滝沢は「周囲の山などの地形には見覚えがありました」とふり返る。確かにそこは、十五歳の時、母と妹の遺体を乗せた大八車を追って、たどり着いた場所だった。

父が関東軍の酒保《しゅほ》で、新京から平壌に疎開した新井（旧姓・庫本）マスミも、夫の清平と墓参団に加わった。新井は収容先の遊郭で、当時三歳の弟の敏之を亡くしている。

新井の父が残したメモ書きによると、一家は一九四五年八月十一日、第三次の避難民団として新京駅を出発し、十二日に中朝国境の安東駅《あんとう》（現在の丹東駅）に到着。終戦を挟んで二十二日に安東駅を出て、二十三日午後六時に平壌駅に到着している。メモには、平壌での生活について

「寒気強く、病人続出。毎日死者出る。その都度、輪番で龍山墓地に埋葬する」と記されている。

新井は「敏之の写真は残っていません。寝ながら『お水、お水』とつぶやいている姿ばかりが思い出されます」と言う。墓参に際しては、ビスケットやあめ玉など、避難民の子どもたちが当時口にすることのなかった幼児用のお菓子を日本から持参して供えた。

北朝鮮側によると、墓地を移設する際、遺骨は五柱ずつまとめて埋め直された。そのとおりであれば、一人ひとりの埋葬場所を特定するのは困難と見られる。

新井は「心の奥底にくすぶっていた想いに、一段落つけることができた」と、待ちわびた墓参の実現を喜ぶ一方、こうも続けた。

「骨を持ち帰るのは無理な話だということがわかりました。今は骨をいただいてこようとは思っていません。慰霊碑か何かを建ててくれればそれで十分です」

第4章
決死の38度線突破

北緯38度線以南の注文津《ちゅうもんしん》に米軍が設けた、北朝鮮からの日本人避難民を収容するテント
（米国立公文書館所蔵）

集団脱出

■一九四五年、七万人の越南

北朝鮮に進駐したソ連軍は北緯三八度線を封鎖し、北朝鮮にいた日本人や朝鮮人の三八度線以南・南朝鮮への移動を禁じた。

それでも在留邦人の中には、敗戦国民に転落した不安な日々を送るよりはと、ソ連軍の目を盗んで南下した人々が続出した。この間、北朝鮮では、「正式な引き揚げが間もなく始まる」という説が、何度も浮かんでは消え、そのたびに人々は肩を落とした。

在留邦人の援護活動をしていた京城《けいじょう》日本人世話会の統計によると、三八度線を越えて南下し京城の収容所に入った一般邦人の数は一九四六年一月までに、計三万六千五百二十三人。ただ、終戦から一九四五年十月までの二万三千五百六人という数字は、米軍政庁からの要求に基づいて遡って推計したものとされ、必ずしも正確とは言えない。というのは、ソ連軍が八月二十四日に京城と北朝鮮東海岸の元山《げんざん》を結ぶ京元《けいげん》線を、翌八月二十五日に京城と新義州《しんぎしゅう》を結ぶ京義線をそれぞれ封鎖・遮断するまでに、約五万人が南下したと推定されているからだ。

この統計とは別に、南下した一般邦人の数が記された文書のコピーが手元にある。南朝鮮に進駐した米軍の関係書類で、一九四六年一月七日付の「送還者事務所」週間報告がそれである。米国立公文書館で探し当てた貴重な資料だ。

この報告によると、三八度線を越えて南下した一般邦人の数は、同日までに七万七千三百二十七人を数えた。こちらの数字のほうが京城日本人世話会の統計より、実相に近いと見られる。ちなみに、この数は終戦当時、北朝鮮にいた日本人と、満州から北朝鮮に避難した日本人の合計三十一、二万人の四分の一近くにあたる。

だが、厳冬期に入ると、脱出はそれまで以上に困難になる。ルートとして多く使われた山間部は氷点下一〇度を下回り、野宿は凍死を招く。冬の海は荒れるので、小さな船で密航するのは危険を伴う。北朝鮮各地で連日、同胞が飢えや感染症で命を落とす中、ほとんどの在留邦人はひたすら春を待ち、耐え続けるしかなかった。

京城日本人世話会の統計を見ても、一九四五年十二月に五千四百四十四人を記録した南下した日本人は、年が明けた一月には二千六十人に、さらに二月には一千四百十四人に急減している。前出「送還者事務所」週間報告には、三八度線に近い開城《かいじょう》駐在の軍政庁当局者の話として、「三八度線を越える難民の数は大幅に減っている。おそらく厳しい寒さのせいであろう」という指摘がある。

■二度目の冬は……

南朝鮮の在留邦人の引き揚げは、一九四六年二月までにほぼ終わっていた。一方、北朝鮮に取り残された日本人は、零落した難民と化していた。すでに記したように、ソ連軍や朝鮮人による迫害に加え、飢餓や感染症に苦しんだ。

厚生省引揚援護局が作成した「北鮮一般邦人の資料概況」によると、北朝鮮在留邦人の死亡者は、終戦以降一九四六年春までに約二万五千人に達した。

「当地でふたたび冬を迎えれば、日本人は全滅する」――。酷寒期をしのいだ人々は同年春、結氷がゆるんで野宿もできるようになると、期せずして動きだし、堰《せき》を切ったように集団となって南朝鮮への脱出を決行する。

厚生省が発刊した『引揚げと援護三十年の歩み』によると、一九四六年三月下旬から六月までの三カ月余りに南朝鮮に脱出した日本人は約十万人。平均すると、一日当たり一千人前後が三八度線を越えた計算になる。

大量の日本人が突如として南下し始めたことに、米軍は肝をつぶした。進駐米軍司令官のジョン・ホッジが一九四六年四月二十七日付で、ソ連の北朝鮮占領軍司令官イワン・チスチャコフ宛に送った書簡のコピーに目を移そう。原本は、前出の「送還者事務所」週間報告と同じく、米国立公文書館が保管している。ホッジは書簡に、次のように記している。

〈四月一日から二十二日の期間に、開城《ケソン》、三陟《サムチョク》、春川《チュンチョン》、議政府《ウィジョンブ》（いずれも三八度線近くに位置する南朝鮮の地域。地名は朝鮮語発音のアルファベット表記＝引用者注）を通じて、二万三千三百四十人の朝鮮人が南朝鮮に越境してきた。同期間内に四千百六十九人の日本人難民が開城を通じて、一千五百十五人が三陟を通じて、八千百四十人が議政府を通じて、それぞれ南下した。これらの数字は三八度線を越えた避難民の総数を表しているわけではなく、実際に南下した避難民の一部に過ぎない。このことから考えると、南朝鮮には三八度線を越えて、膨大な数の難民が流入しているのは明らかである。（中略）

北朝鮮に在留する日本人の送還に関する米ソ間の合意はなく、南朝鮮への日本人難民流入は許されざることである。（中略）

朝鮮人と日本人避難民が引き続き越境することは、（米ソ間の＝引用者注）相互の関心事において問題を生むので、是正策が講じられねばならないものと私は考える。貴下もきっと同意するものと確信する（後略）〉

日本人や朝鮮人の南下を防ぐよう是正措置を求める、ホッジのチスチャコフに宛てた書簡の送付は翌四月二十八日も続いた。今度は海からの越境に懸念を表明する内容だ。

〈一九四六年三月二十日から、三八度線を越えてくる違法な船舶がかなり増えている。北から釜山《プサン》に向かう漁船は、南朝鮮沿岸の小さな漁港で、多くの日本人難民を降ろしている。

たとえば四月二十日を週末とする週では、三八度線を越えてきた約一千人の日本人難民が、江《カン》原《ウォンド》道三陟の北方十八マイルの墨湖津里《ムクホジンリ》に着いた。大半は朝鮮人の船をカネで雇って、夜から明け方に船を降りる。墨湖津里にあるわれわれの住宅や厚生施設、その他の港は、こうした増え続ける難民を収容する準備ができていない。

本司令部は北の港から南朝鮮に侵入する違法船舶の量を削減するために、あらゆる努力をしている。われわれは違法侵入したすべての船を捕まえ、船長や乗組員の違法行為を罰する厳しい政策を実施している。

しかし、こうした懲罰による方策は、違法船舶の問題を軽減することはできるが、完全になくすことはできない。それゆえ、貴下が難民の流入を防ぐため、適切な措置を実行してわれわれを支援し、相互の努力によって状況を改善するよう求める〉

これに対し、チスチャコフが五月五日付でホッジに宛てた返信の内容は、次のようなものだった。

〈大量の朝鮮人と日本人が三八度線を越えて北から南に向かっている、という米軍の報告は知っている。しかし、わが国の兵士たちは細心の注意を払って、確実な方法によって三八度線における任務を遂行している。四月の十四日間で七千八百人の日本人と朝鮮人が三八度線を越え、四月の最初の十日間で一日あたり最大一千四百人の朝鮮人が三八度線を越境したという指摘に関し

て、私や本司令部では確認できた事実が見当たらない。このような指摘は信頼に足る内容ではないのではないか、と私は憂慮する〉

チスチャコフの回答はそっけなかった。日本人や朝鮮人の大量南下を否定し、ホッジの是正策の要求をはねつけた。

■ソ連軍の黙認

実は、チスチャコフの返信は事実を反映していなかった。むしろ、ソ連軍は米軍が求める是正策とは反対の行動に出ていた。

北朝鮮中部・咸興《かんこう》の居留民会、咸興日本人委員会がまとめた「北鮮戦災現地報告書」には、次のような記述がある。

〈咸興日本人委員会では、三月中旬頃からソ連軍は勿論、朝鮮人側各機関に猛運動を試みて日本人の帰還促進運動を展開した。（中略）朝鮮人側各機関も、日本人の南下申し入れに対して峻《しゅん》拒《きょ》するが如き態度を見せず、「技術者を除いた日本人の南下には異論なき旨」の意思表示があったのである。但《ただ》し事はあくまでも目立たぬ様に隠密の中に断行せよとあって、委員から旅行証明書を発給して、一応保安隊に届け出て、三月十五日から毎日三十名程度を咸鏡・京元線経由にて南下させたのである。（中略）

三月中旬より開始された在留日本人の集団輸送は、四月に入るや愈々《いよいよ》軌道に乗り、日に増し輸送は強化されるに至った。（中略）

鉄道側と折衝《せっしょう》の結果、普通列車に日本人専用の輸送車として一輌増結の実現をみた。これによって、四月一日　七〇名、二日　一〇〇名、三日　九〇名、四日　九五名、五日　一三〇名、六日　一〇〇名、七日　九五名、八日　一〇五名、九日　九〇名、十日　一二五名を南下せしめたが、更に十一日からは貨物列車に五輌連結をすることとなり、十一日　五〇五名、十二日　三七五名、十三日　四三一名、十四日　二五一名、十五日　二四〇名、十六日　二五九名、十七日　二四五名、十八日　二八三名、十九日　二四七名、二十日　二四三名と、輸送はいよいよ活発を加え、同二十六日には臨時列車一本を出すことに成功、同列車で三、〇一四名という大量輸送を行い、四月中に都合七、〇九三名を輸送するという、画期的成功を収め得た〉

この報告書の内容から明らかなように、北朝鮮当局は、日本人の大がかりな鉄道輸送に手を貸していたのだ。それは北朝鮮を占領するソ連軍の了解なしでは、決してなしえなかった。

ソ連軍は進駐後、日本人の居住地以外への移動を禁じていたはずだった。「日本人の集団脱出を、ソ連軍は黙認していたのです」とは、引き揚げ史に精通する国文学研究資料館研究部の加藤聖文《きよふみ》准教授の説明だ。加藤の解説が続く。

「在留邦人には、二度目の冬を越すことはできないという恐怖感があり、地元の日本人世話会などが中心となって、集団脱出を計画しました。それを、ソ連軍はもっけの幸いと黙認するのです。

ソ連軍は昭和二十一（一九四六）年初めの段階で、在留邦人が危機的状況にあると認識していたはずです。日本人の間に流行した発疹チフスなどの感染症が朝鮮人にも広がることが懸念された。そうなれば、新朝鮮建設の障害にもなります。ソ連軍は日本人に都市間の移動を認めるという形で、結果として脱出につながる南下について、見て見ぬふりをしたということでしょう。朝鮮人側からもソ連側に『日本人を何とかしてほしい』という要請があったと思います」

■移動許可証

実際、北西部・平安北道新義州の日本人世話会が一九四六年春に朝鮮側と引き揚げについて交渉したところ、朝鮮側が「諸君は朝鮮にとりても無用の長物である。一日も早く帰って貰いたい」と表明したという記録（「新義州を中核とする平安北道日本人引揚記録」より）もある。

加藤の説明を裏づけるように、平壌《へいじょう》郊外の黄海に面した都市・鎮南浦《ちんなんぽ》の日本人会長だった松原寛は一九四六年五月十三日、脱出者に托した京城日本人世話会長宛ての書簡で、「急速に南下を決定せり。一昨日、ソ連軍司令官の黙諾あり。本日、人民委員会・保安署の許諾により、移住証明書の交付を受くることとなる」と記している。これにより、鎮南浦ではまず五月二十二日に百九十五人を南下させることに成功し、同月二十七日からは、五百人以上の規模で南下する許可を何度も取りつけている。

加藤によると、日本人が収容施設がある都市を離れるにあたり、地元の行政機関・人民委員会がソ連軍の承認を得て、移動許可証を交付するケースが多かった。ただ、咸興の場合、日本人委員会が新たに、そのダミー組織として「北鮮戦災者委員会」という組織をつくり、人民委員会の代わりに「旅行証明書」を交付していた。

北朝鮮南西部・黄海道沙理院《こうかいどうさりいん》では、徒歩による自力脱出という条件で認められた。沙理院日本人世話会元会員が一九四九年にまとめた「沙理院――終戦より引揚まで」には「三月二十三日にソ軍司令官および保安署長から『脱出は追わぬ、但し汽車を利用してはいかぬ、旅行証明書は出さぬ』という言明を得てから、集団的に脱出を始め」たと記されている。

米軍も当時、集団脱出をソ連軍が黙認していると見ていた。米軍は一九四七年一月九日付の「北からの難民」と題する内部資料の中で、「ロシアは日本人や朝鮮人を境界線まで輸送することにより、北からの難民流入を後押しした」と指摘している。

「これはねえ、わが家の家宝だよ。これを持って列車に乗ったわけだ」

二〇一五年で八十四歳になった赤尾覚《さとる》は茨城県鉾田《ほこた》市の自宅居間で、壁に掛けていた額縁を外した。額縁の後ろから大切そうに慎重に取り出したのは、赤茶けた一枚の紙だった。北鮮戦災者委員会が発行した「旅行証明書」だった。

一九四六年五月二十四日の日付がある証明書には、赤尾の母と赤尾、四人の弟妹の名前が記載されていた。戦災者委員会の押印もある。

旅行証明書の発行日から二日後の五月二十六日。咸興に収容されていた当時十五歳の赤尾は、母や弟妹と一緒に咸興駅で、貨物列車に乗り込んだ。

「咸興に日本人がそのままいると、朝鮮人は困るし、日本人も飯を食っていけないし、農村地帯に送り出しましょうと。農村地帯で日本人は働きながら飯を食えばいいでしょうと、そういう名目で（移動が）オーケーだったわけ。そして、あとは勝手にせいと」

翌朝、三八度線の北約百二十キロの位置にある三防《さんぼう》駅で降ろされた。そこからは他の日本人と群れをなして山野を歩いた。十日ほど後に三八度線を越えた。

多数の死者を出し、朝鮮当局者でさえ「死滅の村」とまで表現した、咸興郊外の寒村・富坪《ふうひょう》では、五月九日から十五日までに、自分の足で歩くことができる約一千人の避難民が元山まで歩いて南下した。残る約五百人の病弱者や女性と子どもは同月二十三日から二十六日の間に、咸興から南に向かう人々と合流して貨車に乗って、三八度線近くまで向かった。

咸興日本人委員会富坪支部長だった須藤芳寿は帰国後に記した手記に「ソ軍司令官、保安署長、関係方面の人類愛に基づく温情ある取り扱いを得る事と相成り、吾等弱体者の南下移動に対し黙認を許され候」と書いた。

■十九万人の大脱出

ソ連軍と北朝鮮当局の黙認の下に始まった本格的な北朝鮮脱出。ところが、ソ連軍は六月初め、あらためて南下禁止令を出した。米軍から防止策を講じるよう度重なる要求があり、重い腰を上げざるをえなかった。

各地のソ連軍司令官が当該地区の日本人責任者を通じて、移動禁止を布告した。たとえば咸興の場合、スクーバー司令官が六月七日、「最近、三十八度線を越境して行く日本人が多く、為《ため》に米軍当局より抗議を受けたり」(「北鮮現地戦災報告書」)との理由で、日本人の旅行を全面的に禁止する措置を取った。その結果、六月半ばになると、北朝鮮から三八度線を越える日本人は激減した。

前出の進駐米軍司令官ホッジは一九四六年六月十七日付で、ソ連の北朝鮮占領軍司令官チスチャコフに「米軍管轄区域(南朝鮮=引用者注)に移動する日本人難民の数を減らすため、貴下が取った効果的で協力的な行動に対し、感謝の意を表明する」という謝意を伝える書簡を送っている。

1946年夏、釜山港で日本に向かう船に乗る、北朝鮮からの引き揚げ者(写真提供:福岡市保健福祉局)

しかし、南下禁止の措置は長くは続かなかった。ソ連軍にとっては、「無用の日本人は早く消えてほしい」というのが本音だった。七月下旬には、三八度線を越える日本人の数はふたたび増加に転じた。ホッジは謝意を伝えてからわずか一カ月半ほどしかたたない七月三十日、ふたたびチスチャコフに以前と同様に抗議の書簡を送っている。

前出の『引揚げと援護三十年の歩み』によると、一九四六年三月下旬から十月中旬までに三八度線以南に脱出し日本に引き揚げた日本人の総数は、約十九万人に達した。

引き揚げに関する米ソ協定が成立し、送還船による北朝鮮からの正式な引き揚げが始まったのは、同年十二月十六日。その時に北朝鮮に残された日本人は、約八千人にすぎなかった。あまりの少なさに、ソ連軍責任者はあぜんとしたという。

満州から南下した避難民を含む、鉄のカーテンのかなたに放置された三十万人を超える日本人の本土帰還は、引き揚げというよりも事実上の脱出だったのである。

野に伏し山に寝て

■不幸にも発見されるは……

〈暗黒政治下に悲惨なる生活を続けつつある邦人は三々五々、鮮人部落を避け密かに徒歩にて北緯三八度線の国境線まで南下し、茲《ここ》において午前一時ごろ乃至《ないし》三時ごろ、厳重なる蘇聯《それん》軍の監視下を脱出するものにして、不幸にも発見されるは銃殺刑に処せらるるはもちろんなるをもって、妻子を同伴せる家族持ちの苦難は格別の趣なり。

また八十里あるいは百里以上の地理不案内なる山間の部落を二、三十日も費やし行軍する苦痛もさることながら、保安隊に発見さるるごとに、男女とも全裸体にして厳格なる身体検査を行い多額の金品を強要され、これを提供せざれば暴行を受ける始末にして、現在残留する邦人は病弱にして、歩行困難か買収費あるいは旅費とする所持金すらなく、脱出の見込みなき者のみが居残り、大部分は米軍治下の南鮮の各都市において集団生活を営み、引き揚げ船の到着を待機中のものも相当ある趣なり〉

舞鶴引揚援護局外務省連絡班が、一九四六年四月十七日付で吉田茂外務大臣に宛てた、「蘇聯占領下北部朝鮮地方の概況に関する件」と題する報告書の一節だ。北朝鮮に住んでいた日本人の南朝鮮への脱出状況に関する記述である。前日に京都府・舞鶴港に上陸した、北朝鮮南西部・黄海道沙理院に住んでいた紡績会社の幹部に、聞き取り調査をした結果をまとめたものだ。

朝鮮半島が日本による植民地支配から解放された翌年の一九四六年。北朝鮮にも遅い春が訪れると、酷寒を生き延びた各地の在留邦人は集団で南下し、南朝鮮への脱出を決行した。前述したように、北朝鮮に進駐したソ連軍や、朝鮮人による行政機関・人民委員会は、難民化した日本人を放置すると新朝鮮建設の障害になると懸念し、これを黙認した。

ただ、こうした黙認は、各地のソ連軍司令部や北朝鮮当局が個別の判断で行っていたものであり、北朝鮮全土にくまなく行き届いていたわけではなかった。日本人が長らく収容生活を送っていた土地を離れ、別の地方に移動すると、地元の保安隊やソ連軍に捕まり、金品の没収や厳しい処分を受けることもあった。舞鶴引揚援護局外務省連絡班の報告は、こうした脱出途上の被害の一端を伝えている。

■夜中の山中踏破――咸興から

北朝鮮中部・咸鏡南道咸興《かんこう》で一九四六年四月、当時十一歳だった今村了《さとる》は姉と妹の計三人で、日本人が集団で南下する貨物列車に乗り、約百三十キロ南の元山で降ろされた。両親はこの年一月、相次いで発疹チフスにかかって命を落とした。見知らぬ大人にまぎれ込んだ脱出行だった。

「(日本人の)避難民がまとまって咸興で無蓋車《むがい》に乗って、元山まではとにかく、ゆっくりゆっくり、走りました。元山に着くと、『自由ですよ』と完全に放り出されました。そこから南に行く時は、三十人ほどの集団で、ずっと山の中を歩きました。日中は山の中に寝て、夜中に起きて歩き出すんです。北緯三八度線を越えるまで、屋根のあるところで寝たことはなかったですね」

六月上旬、三八度線を越えて米軍に保護されるまでのおよそ二カ月間について、今村には正確な日付の記憶が残っていない。暦を示すものが皆無だったばかりでなく、その日その日を生きていくのに必死だった。今村が話を続けた。

「山の草木をよく食べましたね。水は小川とか田んぼの水をすすりました。体力のない人は、次々に脱落していきました。小さな子どもはひもじいから泣くんですよ。すると、朝鮮人に見つかる可能性があるから、みんなに嫌がられてね。親が自分の子どもを捨てに行ったのを、実際に見ました」

乳児をおぶっていた女性がある日、少しの間、集団を離れたことがあった。放心状態でふたたび集団に戻ってきた女性の背中には、乳児の姿はなかったという。

「それはもう、惨めなもんですよ。子どもはもう助からんちゅうことがはっきりわかってるんです。お母さんは栄養失調でおっぱいも出ないし。かなり追いつめられた精神状態だったでしょう」

■追いはぎ

十五歳の赤尾覚は五月二十六日朝、母と四人の弟妹と一緒に、咸興駅で貨物列車に乗り込んだ。咸興日本人委員会がまとめた「北鮮戦災現地報告書」によると、この日運行したのは臨時列車で、二千六百四十三人を乗せていた。ちなみに咸興から五月中に列車輸送された日本人の数は合わせて一万三千四百四十二人にのぼる。

列車は同日午後三時に元山に停車した。ようやく午後六時にふたたび発車したものの、のろのろ運転を続けた。

翌朝、三防駅に停まった。貨車の壁を激しく叩く音が聞こえたかと思うと、朝鮮人保安隊員の「早く降りろ！」という命令口調の声がした。赤尾たちは問答無用で降ろされた。

三防はその昔、三つの関が設けられて外敵を防いだということで、この名前がついたといわれる。その数キロ南には三防峡という峡谷があり、東には標高六八五メートル、西には、一、二八一メートルの嶺がそびえる。赤尾がふり返る。

「駅の周辺には、たくさんの日本人がたむろしているんだよね。彼らは咸興にもともと住んでいた人。ぼくら咸北《かんぼく》（咸鏡北道）の避難民は前の年に避難する時、いろいろ苦労して知っているから動きは早いんだね。もたもたしていると何が起きるかわからないから」

赤尾一家は荷物をまとめると、三八度線をめざして、さっさと歩き出した。

山間部を歩く途中、朝鮮人の追いはぎにあった。一人は鎌を持ち、もう一人は雨傘を振りまわして、カネを出せ、とすごんでいた。

二歳の妹を背負う母が隠し持っていた三百円を見つけると、雨傘の男は自分のポケットに無造作に押し込んだ。当時の三百円がどの程度の価値をもつのかを判断するための参考として紹介すると、コメ一斗（約十八リットル）の価格は平壌日本人会の統計によると、一九四六年五月の時点で四百八十円だった。

■三八度線を飛び越える

赤尾によると、三八度線を突破したのは、咸興を出てから約十日後の六月五、六日ごろの昼だった。

山道から松林を抜けると、南朝鮮に通じる道に出た。道の両側には麦畑が広がっていた。線路の踏切のような、白と黒のしま模様の遮断機が道をふさいでいた。遮断機の前では、十五、六人の日本人が途方に暮れる様子で座ったり、立ったりしていた。「ソ連兵がいないので、通っていいのかどうか迷っている」ということだった。

やがて、自動小銃を肩に担いだ小柄なソ連兵がやってきた。昼休みを利用して食事をとりに、硝所《しょうしょ》に行っていたらしかった。日本人の群れを見ると、両手を広げてカネを出すよう要求した。赤尾の回想。

「みんなソ連の軍票を持っていたけど、われわれの一団と合わせて三十人ほどの日本人は、ロスケに全部差し出しました。軍票は北朝鮮でしか使えないからね。そのロスケが『ハラーショ（よろしい）』って言うから、みんな遮断機をくぐろうとしたんだ。すると今度は『ニエット（だめだ)』って。ちょっと待てというんだね。僕たちは『体《てい》よくカネだけ巻き上げられて、北に追い返されるんじゃないか』って緊張した」

ソ連兵はもったいぶるような仕草で遮断機の取っ手をつかんだ。そして、ゆっくりとバーを引き上げた。南を指して、大声でふたたび「ハラーショ」と叫んだ。

「ロスケが銃を突きつけて『待て』と言いそうな気がして、遮断機を越えた途端に、みんな一斉に走り出した」

平壌第三中学校の美術教員だった常松泰秀氏が帰国後に描いた、「闇夜の38度線突破」と題する絵

数百メートル進むと、路上の中央に英文字と共に「38」と石灰で書いてあった。赤尾はその数字を踏むと金縛りにあいそうな気がして、飛び越えた。朝鮮を南北に分断する三八度線を越えた瞬間だった。

赤尾は一九九五年に執筆した私家版の北朝鮮脱出記『北鮮流浪』で、当時の印象深い情景を記している。

〈「たったあれだけのものだったら、去年の夏のうちに突破しとくんだったよ」

誰かが叫んだ。みんな同じ思いだった。そうすれば屈辱に満ちた八カ月の越冬避難民生活をする必要もなかったし、肉親を失う悲しみを味わうこともなかった。

だが、あの頃、誰がそれを予見できただろう。そして、昨年の夏も同じ条件だったとは限らない。

みんなは松林の蔭に横になり、しばらくはただ息を喘《あえ》がせているだけだった。しばらくすると、気持ちが落ち着いてきた。すると、こんどは怒りとも、悲しみとも、喜びとも、恨みともつかぬ複雑な思いが、胸元にどっとこみ上げてきた。

突然、一人の女の人が悲鳴に似た声を上げたと思うと、大声で泣きだした。女の人の叫び声は、死んだ我が子への痛切な呼びかけだった。三八度線を手を携えて突破することができなかった悲しみがたぎっていた。それは忽《たちま》ち周りの女、子供たちに伝染した。女たちは互いに見知らぬ仲なのに、手を取り合って慟哭した。それはまた怒号のようでもあり、狂喜の声にも似ていた。その激情の渦の中で、男たちは顔を伏せ、涙を堪《こら》えていた。

母もまた涙を流し、地面を叩き「ばか、ばか」と意味のない言葉を叫んでいた。父は咸興が死に場所だと悟っていたような風でもあった。積極的に戦い、生きるという努力を放棄したかのように見えた。母には時にはそれが不甲斐なく映ったのかも知れない。「ばか、ばか」という言葉には、戦ってがむしゃらに頑張れば、生きてこの土地を踏むことができたのにという思いも込められていたのだろうと思う〉

■興南からの越南

咸興に隣接する工業都市・興南《こうなん》の在留邦人も、三防を経て三八度線を越える脱出ルートをたどっている。朝鮮人の手に渡った後の日本窒素興南工場で雇われた岡田一義の回想が、以前にも紹介した『北鮮の日本人苦難記』に登場するので引用する。

〈三防峡に一晩泊まって出発しました。畳の上で寝たのは本当に久しぶりのことでした。われわれは永安工場の人たちと一緒で、百八十名ほどの集団でした。母と六歳になる長男と一緒でしたが、母は二日ぐらいでくたびれ、私は母の背負っていた荷物も引き受け、前も荷物、背にも荷物、ちょうどチンドン屋みたいな格好でした。

やがて追いはぎが出ると注意された個所を通るときは、一団の真ん中に女や子供を置き、前と後ろを剣道や柔道のできる屈強なもので固めて通りました。果たして朝鮮人が四、五人屯《たむろ》していましたが、われわれの構えを見て手出しはしませんでした。ある部落で保安隊に停止させられ、荷物の検査を受けました。一日前通った日本人が井戸に毒薬を入れて行ったので、毒薬を持っていないか調べるのだと言いました。そのとき臍《へそ》の緒を大事に持っているのが見つかりました。子供たちのを持って帰ろうとしたのですが、朝鮮人は臍の緒を大事にするという習慣がないのでしょう。保安隊はこれは何かと聞くのです。そして白い粉をふいているのは毒薬ではないかと疑うのです。嘗《な》めて見ろというので、仕方なく嘗めて見せ、やっと納得させました。あとでは保安隊を訪ね挨拶して通ることにし、無事でした。

三防峡を出て六日目ぐらいに、あの川を越すと直ぐ国境（北緯三八度線を指す＝引用者注）だという所に着きました。臨津江《りんしんこう》の支流だということでした。一行を田圃《たんぼ》に低い姿勢で待たせ、私がどうして川を越すかを偵察して来ようと出かけました。月が出ていました。川の流れの音をきいて、それは膝ぐらいの深さだと見当をつけ、一行のところに帰り、声を立てないように注意して川に近づきました。ところが三人の朝鮮人に見つかってしまいました。仕方がないので金を出すから道案内を頼むと談じこみました。やっと話がきまって彼らの案内で川を渡りました。川の中で荷物を流した人がありましたが、朝鮮人は下流で拾いあげてくれました。無事国境の川を越すことができました。ちょうど夜が明けはなれて朝日が出るところでした。みんなが、よかったねと無事三八度線を越したことを喜び合いました。年寄りは川の水で口をすすぎ、柏手《かしわで》を打って、朝日を拝みました。ひと山越えて朝食にし、東豆川《とうとうせん》（三八度線の南側・京畿道の町＝引用者注）から鉄道に乗りました〉

■平壌からの三八度線突破

北朝鮮の中心都市・平壌では一九四六年五月下旬、集団南下が始まった。

平壌満州避難民団団長を務めた元新京日本大使館関東局経済課長の石橋美之介が一九四八年三月に残した口述記録によると、一九四六年六月四日には、一挙に約三千六百人を計二十両の貨物列車に乗せて平壌を出発した。

北朝鮮側の鉄道当局には一両につき三十人、計六百人を南下させることで許可を得ていた。なんとその六倍にのぼる定員超過だった。

平壌満州避難民団本部で活躍した福島貞紀は帰国後にまとめた「平壌に於ける満州避難民団の

概況」で、「帰国を一日も早く実現したいために、多数乗車させた」と記し、「貨車に莚《むしろ》を敷いて、すし詰めの状態であった。持ち物はすでに何もなく、ただ体一つで帰国する有様であった」とふり返っている。

平壌の旧遊郭で収容されていた十五歳の滝沢真紗子も、四歳年下の弟と二人で一行の中にいた、と記憶する。滝沢は第三章で登場した満州避難民だ。奉天から平壌に疎開し、女学校の講堂などを転々とした末、一九四五年末から旧遊郭で避難生活を送った。冬の間に、二人の祖母と母、妹を発疹チフスや栄養失調によって失った。奉天に残留した父はその後、ソ連軍によってシベリアに抑留された。

平壌日本人会の統計によると、平壌の遊郭地帯には一九四六年一月現在、二千二百五十六人の避難民が収容されていた。だが、冬の間に、体力のない高齢者らは次々と亡くなった。「平壌を発つ時には、女性や子どもがほとんどでしたが、よぼよぼした人はいませんでした」。二〇一五年で八十五歳になる滝沢は淡々と語った。

滝沢は小さなリュックを背負い、二人の祖母の遺骨を入れた骨箱と、「龍山《りゅうざん》墓地」に土葬した母と妹の遺髪と爪を収めた箱を四つ重ねて手製の袋で包み、水筒と一緒に肩から提げて、貨物列車に乗り込んだ。

だが、貨物列車は動いたり、止まったりをくり返し、なかなか進まなかった。発車から半日ほどたつと、完全に動かなくなった。避難民団の男性は「ここから先は動かない。全員降りろ」と告げた。

滝沢はそこがどこだったのか記憶していない。当時の記録を丹念に調べてみると、三八度線の五十数キロ手前にある新幕《しんばく》で降ろされたことがわかった。

「それからは野宿しながら三日三晩、ひたすら三八度線をめざして歩きました」

歩く時には、はぐれないよう弟の手をぎゅっと握り続けた。夜は道端に寝転がり、途中で川があれば、濁っていても水筒に水を汲んで口を潤した。谷にかかった鉄橋の枕木を、恐る恐る歩いて渡ることもあった。

歩き始めて数日目は、土砂降りの雨だった。濡れぞうきんのようになりながら歩き続け、雑木林を抜けると、前方に小さな広場が現れた。カーキ色の軍服を着たソ連兵と、踏切の遮断機のような竿《さお》が見えた。

誰かが「ここが三八度線だ！」と声を上げた。そこでどんなやりとりがあったかはわからないが、ソ連兵はやがて、その竿を押し上げた。

しばらく南に進むと、右手から一台の小型四輪駆動車が近づいてきた。

「ヘッ、ヘーイ！」

ギャリソンキャップ（舟形帽）をかぶった白人の米兵が口笛を吹いて、滝沢ら一行のそばを通り過ぎた。

「林から出て明るい日差しを浴びている時、アメリカ兵が陽気に走り去るのを見て、『あー、助かったんだ』と思いました」

滝沢はこれまでの緊張が一気に解けた。三八度線の南側、開城を経て京城に着いたのは、六月

1946年６月５日、北朝鮮から脱出し、京城の援護施設で両親を介護する日本人の子ども（米国立公文書館所蔵）

十日のことだった。

■ソ連軍将校に頼み込んで

北朝鮮を脱出した人の中には、ソ連軍のトラックに乗って三八度線手前まで送ってもらった、という特異なケースもあった。

国民学校六年生の時に平壌で終戦を迎えた藤川大《ます》生《お》はソ連軍進駐後、独学でロシア語を学び、平壌郊外にあった平壌飛行場で通訳をして生活費を稼いだことがあった。一九四六年の年明けから四カ月ほどの間だった。

藤川はそこで「ワーシカ」と名乗るソ連軍の将校と親しくなった。七十年前を想起して、藤川が感慨にふける。

「鼻の下にひげを蓄えてスターリンに少し似た、非常に人懐っこい人でした。僕のことをものすごく可愛がってくれました。家族のことをいろいろと聞きたがって、母が疲労の末に熱を出して寝込んだことを話すと、『お母さんに持って帰れ』と言って、大きくて長い白パンを一本、そのまままくれたことがありました。ロシアは黒パンが一般的ですが、将校は白いパンを食べていました。ロスケにはずいぶんとひどい目にあいましたが、ワーシカさんには、いつも親切にしてもらいました」

一家の生活がいよいよ苦しくなった一九四六年六月七日、母が藤川に真剣な表情で切り出した。

「大生、おまえを可愛がってくれた偉い将校さんがいたね。その人に三八度線までトラックを出してもらえないかどうか、聞いてきておくれ」

大雨の降る中、藤川は兄を連れてさっそく、飛行場に向かった。ワーシカに平壌脱出の手助けを依頼するためだった。

久しぶりに会ったワーシカは、少佐から大佐に昇格していた。彼は藤川を認めると、力いっぱい抱きしめた。

藤川は母から托された願いを、一語一語丁寧に説明した。

「いつ日本に帰ることができるか、わかりません。何も売る物がなくなり、食べる物も底を突きました。一日も早く日本に帰りたいのです。あなた様のお力で、ソ連軍のトラックを一台提供してもらえませんか」

ワーシカはしばらくの間、真剣な表情で考え込んでいた。

やがて「俺の可愛いマスオの頼みだ。放ってはおけない。しばらく待っていなさい。仲間に相談してくる」と言って、その場を離れて行った。

三十分ほどすると、ワーシカが同僚を連れて戻ってきた。ワーシカと同じ大佐の階級章をつけていた。藤川の回想が続く。

「ワーシカさんは『彼は親友だ』と紹介しました。『彼と相談してきたが、次の条件が飲めるなら、おまえの言うことを聞いてやる』と言って、三つの条件を出しました。一つ目は一人当たり三千円支払うこと。三千円とは、たいそうな値段です。二つ目に三十五人以上集めろと。軍の規律を破った行動をするわけですから、仲間に口封じをお願いするには、それぐらいはかかるということでしょう。そして三つ目は、非常に早いが明朝四時半に出発すること。この三つに応じるかどうかを、いま答えろと言いました。僕は兄貴に向かって『いいな』と言って、僕の一存で返事しました。『わかりました。僕の家の前に朝四時半に必ず来てください』って」

二人のロシア人将校は、十二歳の少年の頼みを真摯に引き受けてくれたのだった。藤川は何度も「オーチン・スパシーバ（どうもありがとうございます）」と言って、頭を下げた。

藤川の母らが近隣に住む人々に声をかけると、最終的に計四十三人の脱出希望者が集まった。一行は六月八日早朝、ワーシカが用意した軍用トラックの荷台に乗り込んだ。

送ってもらったのは、三八度線の二十キロほど手前までだった。「もっと先まで送ってあげたいが、これから先はソ連軍の警備が厳しくなる。それにわれわれも夜が明けるまでに戻らなければならない」と、ワーシカがすまなそうに説明した。

そこからは鉄道の線路に沿って、徒歩で南に向かった。一行は、南北の境界線が目前に迫ったところで保安隊に捕まったが、幸いなことにお目こぼしを受けた。

「あなたたち、ここで何しているの」

保安隊の駐在所で、朝鮮人の少年が声をかけてきた。藤川が事情を説明すると、同い年だという少年は、三八度線越えの案内役を買って出た。藤川が説明してみせた。

「少年は『金《きん》』と名乗ってました。平壌に向かう途中だということで、お父さんは北の中枢にいるとても偉い人だという話でした。日本語と朝鮮語だけでなく、ロシア語や中国語、英語と、五カ国語に堪能でしたね」

一行が三八度線にたどり着くと、「金」少年は警備のソ連兵に脱出を見逃すよう、粘り強く説得までしてくれた。

それから約四十年後の一九八七年、藤川は観光ツアーで平壌を訪れた。現地のガイドや政府関係者に当時の状況を詳しく説明し、「金」少年の消息を探したが、とうとうわからなかった。

「今でも、何とかあの少年に会って、お礼を言いたい」。三八度線の北側でいつまでも手を振って見送ってくれた少年の姿を、藤川は忘れることができない。

闇船に身を委ね

■海路での脱出

北朝鮮に残された日本人の脱出は、海上からも相次いだ。日本人の間で「闇船」と呼んだ密航船を雇って、朝鮮半島の東西に広がる海を南下した。

東海岸側では三八度線の南十二キロに位置する江原道の注文津《ちゅうもんしん》や、その少し南の三陟、果ては朝鮮半島最南端の釜山にまで、闇船は姿を現した。南朝鮮の西海岸側では、京畿道仁川《けいきどうじんせん》周辺にたどり着く船が多かった。

ソ連軍が日本人の移動を厳しく制限している中、陸路の南下は難しい。海が荒れる冬の間も、海路脱出を図る人は途絶えることはなかった。

釜山日本人世話会の集計によると、一九四五年十二月十一日から一九四六年三月十四日までに、日本海を船で下って釜山に上陸した日本人は、二千八十七人を記録している。これは釜山に上陸した人に限った数字なので、船で南下した日本人の実数は、これより多くなるはずだ。

鎌田正二《しょうじ》著『北鮮の日本人苦難記』によると、北朝鮮中部、日本海に面した咸鏡南道興南では、「(一九四五年=引用者注)十二月ころから漁船による脱出がすでに行われていた」という。同書には「船賃は一人千円というのが相場だった」と記されている。

朝鮮人の闇船ブローカーが暗躍し、その中には、自分が斡旋する船に乗せたいがために、別の人が世話をした乗船を邪魔したり、保安隊に密告したりする者もいたらしい。

■朝鮮人の木船に乗って

一九四六年二月。森田茂の一家七人は興南を闇船で抜け出し、南朝鮮に向かう予定だった。内陸部の咸鏡北道白岩《はくがん》から前年秋に避難して以来、約五カ月が経っていた。「いくら待っても帰国できる目処がたたないので、漁船を雇って〝国境〟を越えようという話になったのです」とは、森田の回想である。

計画を実行するはずだった日の夜、森田が住む日本窒素興南工場の元朝鮮人従業員用の長屋には三々五々、脱出を企図する人々が集まってきた。ところが、脱出計画は事前に発覚して頓挫する。森田の説明が続く。

「保安隊の手入れが夜八時ごろに突然、ありました。戸を激しく叩いて『開けろ!』と怒鳴っていましたが、すぐには戸を開けませんでした。リュックサックに詰めた鍋や釜を取り出して隠すためでした。全部取り出してから、やっと戸を開けました。すぐに開けなかったので、保安隊はずいぶんと怒っていました。

そうこうするうち、保安隊は壁にぶら下がっていたたくさんの水筒を見つけました。水が入っているのがわかって、『おまえら、逃げるつもりだったのだろう』と。私は言い逃れはできない、と観念しました。しかし、部屋にいた一人が機転をきかせて、『樺太の缶詰工場に行くことになっていて、ソ連軍当局から、いつでも出発できるように準備をしておけ、と言われている』と答えて、難を逃れました」

当時十五歳になったばかりの森田は「樺太に行く」というウソを、「さすが大人の智恵だ」と、ずいぶんと感心した。同日夜、闇船に乗るために別の家に集まっていた五、六人が保安隊に捕まり、留置場に送られた、と森田は後で聞いた。

約一カ月後にふたたび計画が持ち上がり、実行に移された。「朝鮮人から『船を出してやるので乗らないか』とアプローチしてきました。彼らにとっても、魚を捕って売るよりカネになりますから」（森田）

約百人の日本人が、漁船二隻に分乗することになった。人々は夜がふけるのを待って、船を待機させてある海岸に向かって、腰を低くして歩みを進めた。

ところが、誰かが持参した空《から》のヤカンが地面に落ちて、大きな音をたてた。それに驚いた子どもが大声で泣きだした。

ゆっくりと歩いている場合ではなくなった。みんな一斉に背中を伸ばして走りだした。背後で遠くから銃声が聞こえた。保安隊による威嚇発砲に違いなかった。

人々は大急ぎで、小さな船に乗り込んだ。朝鮮人の漁師が艪《ろ》をこぎ、小さな木造の帆船は、ゆっくりと沖をめざして動きだした。

「船倉が四つか五つですかね。そこに日本人がぎゅうぎゅう詰めでした。足を伸ばすこともできずに、くの字になって座っているしかありませんでした。男も女も用便は、船倉にあった石油缶を半分に切った容器で済ませました。目の前で女の人が下着を下ろして用を足していました。恥ずかしがる気力さえ、失っているようでした」

保安隊に見つかるのを防ぐため、甲板に上がることは許されなかった。ほんのわずかな光しか射してこない船倉は、日中でも暗かった。

船は、風がなくても大きく揺れた。海水がじわじわと、船倉を浸《ひた》してゆく。森田は乗船中ずっと、濡れたままの服で過ごさざるをえなかった。

魚の腐ったような悪臭が船倉に立ちこめた。悪臭は船酔いと重なって、森田たちをいっそう苦しめた。

ある日の深夜、注文津で、脱出者一行は下船した。「三月何日かな」。興南から注文津まで通常、二、三日はかかるが、森田には日数の記憶がない。

ただ、「小さな漁村には電灯がこうこうと灯《とも》り、暗黒の北朝鮮とは対照的に平和な雰囲気だった」ことだけは、今でもはっきりと覚えている。

■闇船ごっこ

春になると、海に面した都市では船で南下する日本人が増えた。脱出希望者は高額の船賃を朝鮮人の船頭やブローカーに支払って、ボロ船に身を委ねた。

たとえば、南朝鮮に進駐する米軍の調査によると、三八度線を船で越えて南朝鮮の墨湖津に着いた日本人は、四月半ばの一週間だけで約一千人を記録したことは、先に述べたとおりだ（米軍司令官ホッジが四月二十八日付でソ連の北朝鮮占領軍司令官チスチャコフに送った書簡の内容）。

北朝鮮南東部の港湾都市・元山でも三月になると、海上からの集団脱出が始まった。元山日本人世話会会長だった松本五郎は、帰国後に執筆した手記で次のように追想している。

〈三月に入ると、海上は平穏だった。従ってどんな小さな漁船でも、風が良ければ、夕方元山を出れば、夜明けには注文津につく。陸上脱出は、どんな丈夫な男でもリュック一つが関の山だが、闇船脱出となれば、運賃さえ出せば何個でも積んでくれるというので、裕福な連中は二、三十人話し合って、漁船の闇船で（一人六百円）相当な目こぼし料を出しているので、出帆までは心配ないが港内で、海上警備隊につかまるおそれがある。（中略）

まず元山海上警備隊に当たってみると「元山からの乗船は困る。ソ連の砲台監視員が常に港内を望遠鏡で警戒しており、海上はソ連海軍で警備して居る。然《しか》し港外から乗船すれば、警備隊として責任がない」という。

会議の結果、元山から約七里、桑陰《そういん》というところまで列車或いは徒歩で行って、乗船することに決定。三百人位乗れる発動機船と契約し（大人六〇〇円、小人三〇〇円）、一方世話会は、持てる者から一人千二百円ずつもらい、貧困者は無賃乗車のことにして、輸送を開始した。（中略）

しかし、この頃、海陸両方面の輸送によって、三八度線を突破する日本人が一時に注文津に殺到し、遂に北鮮から日本人をのせて注文津に入港の船は全部とらえられ、船長、機関長を裁判にかけて、二、三万円の罰金を申し付けられるという情報が入った。事実、元山から出た船も、下級船員だけ帰って来て「世話会で釈放になる様、注文津に人を派して交渉してくれ」と泣きついてきた。

しかも発動船を一隻でも失うことは、個人的被害は勿論、北鮮建国上からも重大な問題だというので、保安署から「日本人にして闇船で脱出することはまかりならぬ。朝鮮人船主にして日本人のために闇船を出した場合は、船体没収の上、厳罰に処す」との達しを受けた。

しかし、その時、既に元山は大体輸送完了していた〉

日本人の子どもの間に、ソ連兵に扮した子どもが日本人女性役を追いまわすという、鬼ごっごに似た遊びが流行したことを第二章で書いた。これとはまた別に、当時の世相を反映した遊びが、六月になると咸鏡北道南端の城津《じょうしん》で流行りだした。

城津在留日本人世話会幹部が記した手記によると、日本人がリュックサックを担いで闇船に乗り込むと、サイレンが鳴り響いて、朝鮮人保安署員が銃を担いで闇船を包囲し、日本人を逮捕するという内容の寸劇だった。子どもたちの間では、「闇船ごっこ」と呼ばれた。

無風に滞る船

朝鮮半島最北端の咸鏡北道雄基《ゆうき》は、ソ連軍の移動禁止令で陸の孤島状態に陥った。日本のことも朝鮮のことも、一切の情報に接することができなかった。

ソ連の侵攻直後に雄基を離れ、その後ふたたび戻った人々でつくる雄基避難民団は、ソ連軍や地元当局に引き揚げを陳情したり、脱出工作を試みたりしたが、成果を挙げることはなかった。

〈希望のない不安の生活の中に、夏がすんで秋になった。今までは海岸で大豆を拾ったが、それもうなくなった。拾うべき石炭もなくなった。服装は破れ果てた最初の夏服である。もしもこのまま冬を迎えるとすれば、全滅するより外はない〉

戦前は雄基で木材業を手広く営んだ避難民団団長の吉田伊蔵は手記で、一九四六年秋の状況をこのようにふり返っている。

迫る寒気に怯《おび》えていた雄基の人々は同年十月、ついに海上脱出を決意する。

十月十六日。脱出の日が来た。

十三歳の大嶋幸雄が一家五人で闇船に乗り込んだのは、未明のことだった。在留邦人百三十六人を乗せた船は、八〇トン規模の老朽船だった。

「平底で竜骨（キール）がない二本マストの木造帆船です。日露戦争のころに造られた船で、日本軍に軍需物資を運ぶ沿岸貨物船として使われていました」とは、大嶋の回想だ。大嶋は引き

1946年10月16日、大嶋幸雄氏ら大勢の日本人を乗せて雄基を出港、38度線の南へ向かう帆船（大嶋氏が描いた絵）

揚げ後に船乗りをしていただけに、船舶について詳しい。

彼は次兄と右舷後部に座を占めた。女・子どもは船倉に身を寄せた。満月に照らされた雄基湾を、満員の船は引き潮を待って、沖へと滑り出した。行き先は注文津である。

この日はさらに百四十七人を乗せた別の一隻が、三日後の十九日には三隻が雄基を出港している。十九日の一隻は、旧満州国との国境が目前の町・阿吾《あご》地《ち》にいた人々を乗せた。大挙して出港できた背景について、大嶋は「(このころには) ソ連軍も保安隊も黙認していたと思います。保安隊は『あいさつなんかせずに、黙って消えてくれ』と言ってましたから」と話す。

脱出行の初日。大嶋を乗せた船は、風に帆を上げて快走した。舵柄《かじづか》を抑えていた朝鮮人の船頭は「夕方、チョンジン着くよ」と機嫌良く叫んだ。夕方には清津《せいしん》を通過するとの見通しをみんなに知らせたのだった。注文津には十月二十日ごろに着く予定だった。

ところが、出港二日目から北西風がピタリとやんで、無風状態となった。船は波にもてあそばれた。注文津に到着予定の二十日を過ぎた。

避難民団本部は出発前に、四日分の食糧を携行するよう指示していた。大嶋一家はコーリャンの団子三食分、炒り豆三升、リンゴ二十個、ホッケの塩干し五尾、それと水一斗（十八リットル）を用意していた。しかし、食べ尽くしてしまった。

船頭は続くべた凪《なぎ》に堪《たま》りかねて、雨乞いの祈禱を始めた。乗船する日本人の中にも一緒に祈る人が現れた。

「雨乞いは効験《こうけん》がありすぎた」と大嶋は追想する。その日の夜、暴風雨に見舞われた。

「真夜中に波しぶきが船倉に入ってきて、船は騒然としました。甲板にいた私らは全身ビショビショになり、強風に吹かれて生きた心地がしなかったね」

近くの小漁村に避泊《ひはく》した。嵐がやむのを待って船を出すと、北朝鮮の監視船に見つかった。監視船に乗っていたのは、まだ十代と見られる朝鮮人青年たちだった。創設されたばかりの海上警備隊と見られる。みんな旧日本海軍の白い戦闘帽に制服を着ていた。持っていた小銃も日本軍の使い古しだった。

避難民団責任者が取り調べられた後、「日本人は雄基に帰れ」と放免された。だが、船を沖に出すと、船頭はそれまで北に向けていた舳先《へさき》を南に反転させた。当初の予定どおり、南朝鮮に向かったのだった。

注文津に着いたのは、二十六日早暁《そうぎょう》のことだった。真っ暗な砂浜に、船はズルズルと音をたてて乗り上げた。「パルリ・ヘラ（早くしろ）！　パルリ・ヘラ！」。朝鮮人の船頭は日本人の下船をせかし、荷物を次々に砂浜に放り投げた。

越境が南朝鮮当局に見つかれば、船員は捕まり、船は没収される。下船した大嶋が放心状態で波打ち際をふり返ると、十日間命を預けた闇船は「まるで幽霊のように、スーッと消え去ってしまいました」。大嶋は唸《うな》るように話した。

「一週間近くも飲まず食わずで、よく生きていたものです。病人も出ず、鉄人ぞろいだった」

■海上に果てた人々

実際、船による脱出行は多くの犠牲者を出している。

森田芳夫の『朝鮮終戦の記録』によると、中朝国境を流れる鴨緑江《おうりょくこう》の河口に位置する平安北道龍岩浦《りゅうがんぽ》で満州からの避難民数百人を一九四六年九月三日に乗せた帆船は、嵐にあって漂流した。当初帆船は発動機船に曳かれていたが、三八度線近くで発動機船が逃亡したことが主因だった。

一週間の予定だった航海は約二十日間もかかった。同月二十二日に南朝鮮の仁川に着いた時は、食糧や飲料水が途絶えたために、約五十人が船中で息絶えていた。

南朝鮮に進駐する米軍が一九四六年九月三十日付で連合国軍最高司令官(SCAP)に宛てた定期報告によると、九月二十二日には、鴨緑江を挟んで朝鮮と向かい合う満州の街・安東《あんとう》発の船も入港している。船には八百四十二人の日本人が乗っており、うち五人が死亡していた。

定期報告には「軍医の検査によれば、死因は栄養失調と脱水症状だった。乗船していた日本人医師が言うには、十日間にわたり水と食糧不足が続いた」とある。当初の航海日程が大幅に長引いたことで命を落とすケースは、少なくなかった。前出の大嶋の船に乗っていた人々は、むしろ幸運だったといえる。

安東は旧満州に属していたが、黄海へと流れる鴨緑江の河口に位置したため、一九四六年十月から十一月にかけ、船団による南朝鮮への集団南下がくり返された。前出『朝鮮終戦の記録』によると、海路で仁川に着いた日本人は同年八月以降十一月末までに、一万百四十四人。その多くは三八度線に近い黄海道甕津《おうつ》の海岸にいったん到着し、米軍が戦車揚陸艇で北上して迎えに行き、仁川に上陸している。

そんな中、安東で一九四六年十月に日本人を乗せ、黄海を南下した「恵比寿丸」は、大惨事の舞台となった。

外務省が保管する「安東より海路南下帰還者遭難状況」と題する調査報告書によると、機帆船「恵比寿丸」は十月二十五日に安東を出発した。

定員三百五十人に対し五百六十九人が乗り、荷物約一千個を積んでいた。ただ、関係者の中には、実際に船に乗っていたのは六百十人から六百二十人にのぼっていたという証言もある。いずれにせよ、明らかに過積載だった。そのうえ、出発前から悪天候が予想されていた。

十月下旬には気温が低くなるため、船倉には高齢者と女性、子ども約百人が収容され、甲板上には男性がひしめき合った。

途中で暴風雨にあい、十月二十九日午前九時半ごろ、平壌郊外の鎮南浦《ちんなんぽ》沖で浅瀬に座礁した。風速二〇メートル近く、激浪のため船体は三つに大破した。死亡・行方不明者は五百人近くにのぼった。

調査報告書には、恵比寿丸乗船者で九死に一生を得た男性の証言が載る。そこには次のように記されている。

〈遭難時より船体解体まで約三分間。絶望的な混乱と惨状は、見るものをして眼を蔽《おお》わしめ、遂に船倉内の老幼婦女子のほとんどを救助するに至らなかったのは、千載《せんざい》の痛恨事であった。想えば過去一有余年、苦難の途を辿りながら祖国帰還の一途にすがって生き抜いて来た同胞四九五名、万斛《ばんこく》の恨みを抱いて永遠に眠り去ったことは、安東市日本人引き揚げ史中最大の悲惨事であった〉

テント村

■米軍が設置した収容所

「開城、議政府、注文津に北から到着する日本人難民を隔離する収容所を設置する。収容する人数はおおむね、開城に四千人、議政府に五千人、注文津で四千人」

これは、終戦後に日本に進駐したＳＣＡＰが一九四六年五月三十一日付で、南朝鮮に進駐する米軍政庁と隷下の部隊に宛てた、報告書にある指示内容である。米国立公文書館で入手した資料だ。

開城、議政府、注文津は三八度線近くに位置する小さな町。今では北朝鮮に属する開城は三八度線以南にその大半の地域があり、当時は南朝鮮に属していた。一九五三年に朝鮮戦争の休戦協定が締結されて、南北軍事境界線が画定すると、境界線の北側、北朝鮮の統治圏内に入る。

三八度線を越えて南下してきた日本人は当初、三八度線付近を警戒する米軍の手により厳重な検査を受けた後、最寄りの駅で列車に乗って京城に移動、京城日本人世話会が京城各地の寺院などに分散収容されるのが一般的であった。京城日本人世話会は米軍政庁の補助機関として、脱出者の受け入れと日本本土への送還の拠点となっていた。

人々は釜山や仁川を出る引き揚げ船の手配が終わるまで、京城の収容所で時間を過ごした。京城日本人世話会の記録によると、京城府内の収容所における、一九四五年八月から一九四六年三月までの収容人数は四万三千四十六人を数えた。

ところが、前述したように、北朝鮮の脱出者は、一九四六年春になると激増した。三月下旬から六月までの三カ月余りに南朝鮮に脱出した日本人は、約十万人を数えた。平均すると、一日当たり一千人前後が三八度線を越えた計算だ。京城や三八度線付近の既存の施設では、収容しきれなくなった。

すでに記したとおり、米軍は北朝鮮のソ連軍に日本人脱出の防止策を講じるよう、くり返し求めた。半面、南下者を北朝鮮に送還することはせず、受け入れた。

脱出者の大半は劣悪な環境に長く身を置いてきたことで衰弱し、難民化した人々であった。米軍は、こうした脱出者をそのまま都市部に流入させることは、防疫上好ましくないと判断した。その結果、冒頭に紹介した報告書にあるように、人口が密集する都市部からやや離れた開城、議政府、注文津の三カ所に収容所を設置することにした。

鉄条網を張りめぐらし、外界から隔絶した一画に、無数の大きな軍用天幕（テント）を張って、脱出者を収容した。収容された人々は、こうした収容所を「テント村」と呼んだ。

脱出者はテント村に到着すると、疾病の有無を検査され、全員が殺虫剤ＤＤＴの白い粉を全身に散布された。そして、発疹チフスやコレラなどの感染症が発症しないか、経過を観察した。

■開　城

開城では、ＳＣＡＰの収容所設置指示が出た五日後の六月五日には、開城駅から三・五キロ離れた公設運動場に、テント村が開設された。

五月末から六月初めにわたって、平壌とその郊外・鎮南浦から、大量の南下者が開城になだれ込んだ。京城日本人世話会はかつての東本願寺や天理教教会など、戦後になって朝鮮側の手に渡った寺院の建物を借用して、計九百七十人を収容した。しかし、それだけでは、とても足りなかった。

京城から開城に派遣された京城日本人世話会職員の三吉明《みよしあきら》は一九四八年、脱出者が押し寄せ、対応が追いつかない当時の状況を、手記の中で回想する。

〈疲れ切って到着した避難民の中から若い者四〇名を選抜して、このテント（米軍隊用）を建設する。そのあとから駅に到着した者を収容する。まだテントが出来たばかりで、なんの準備も出来ていない。あとからあとから駅には到着する。第一夜取敢えず七一七名を収容したのに、翌六日には一九九九名に達するという状態である。四〇名の若者達は、空腹と疲労に倒れる。まだまだテントは足りない。

まだ炊事の設備がないので、日本人会事務所から炊出ししてトラックで運ばねばならない。食糧はトーモロコシのみである。しかも府内各所に散在している五カ所の収容所には、今なお超満員の収容をしているのだから、私はテント村のみにかかっている訳にも行かない。炊出しの炊事は、ついに風呂の中にトーモロコシを入れてたくなどの非常手段をとった。（中略）

運動場にはすでに五〇張りのテントがたった。ついに六四一四名（六月七日）に達する。まだ電燈はなく、夜具は勿論《もちろん》、敷物もない有様、ついに死亡者が一名出た。東本願寺の収容所でも一名死亡との知らせがくる。全くどうすればよいのだとてんてこまいの忙しい最中、雨の中を「今駅にたくさん着いていますよ」と知らせてくれた者がいる。もはや夜の十時を過ぎている。今からテントにつれて行っても収容する場所もない。雨具を持たない我々隊員が走って駅に行ってみると、平壌から新幕まで汽車で来て、そこから徒歩三日間の雨中行軍、約三三〇〇名がへとへとに疲れ切ってプラットホームの屋根の下に雨を避けているではないか。駅員からは叱られるし、どうにも仕方がない（六月八日現在、一万三〇〇〇名を突破）〉

文中には「平壌から新幕まで汽車で来て、そこから徒歩三日間の雨中行軍、約三三〇〇名」の様子が描かれている。第三章や本章ですでに登場した満州避難民の滝沢真紗子は、その一行の中にいた一人である。

一行が開城に着いたのは、六月九日夜のことだった。結局、テント村には収容されずに開城駅や駅前倉庫で一夜を明かし翌十日、京城に向かった。

なお、平壌満州避難民団団長を務めた石橋美之介の回想録には、平壌から新幕までの列車には約三千六百人が乗ったと記されている。全員無事であったというから、開城にたどりつくのが遅れた避難民がいたことで、記録された一行の人数に違いが生じたのかもしれない。

国民学校六年生の時に平壌で終戦を迎えた藤川大生が一家七人で開城に到着したのは、滝沢が着いた翌日の六月十日夕だった。前日に三八度線を越え、黄海に面した青丹《せいたん》で一夜を過ごした後、鉄道で開城に運ばれた。藤川が当時をふり返る。

「開城駅に着くと、みすぼらしい格好をした日本人が三百人ほど列をなして、テント村に向かって歩きました。着いた時にはもう真っ暗で、午後十時を過ぎていたでしょう。アメリカ軍のテントがずらりと並んでいて、そのうちの一つを割り当てられました。

みんな先を争って、場所を確保しようとする。僕たちは隅っこに追いやられて、ようやく確保できたのは一坪ほどのスペース。満員電車よりもひどかった。テント一張りに七十人ほどの日本人が収容されていたようです。確保した場所の周りを荷物で囲って、土の上に服とかを敷いて、弟や妹を寝かせました」

テント村は山の中腹に位置した。六月とはいえ、夜になると冷え込む。持っているのは夏用の掛け布団一枚だけ。ぶるぶると震えながら、一家で抱き合って寝た。

「食事は朝と夕方の二回で、湯飲み茶わんに七分目くらいのトウモロコシのおかゆだけでした。アメリカ人が何かのエサにしているようなトウモロコシです。僕が平壌で飼っていた鶏のエサと同じで、乾燥させたトウモロコシ。それを大きな釜で煮るわけです。おなかがふくれるはずがない」

藤川はわずかに残るお金を母から預かり、テント村を囲む鉄条網をくぐり、近くの朝鮮人の集落まで、餅やにぎり飯などを買いに走った。「それでうちの一家は飢えをしのぐことができた」

テント村では「排泄」でも苦労した、と藤川は言う。テント村から少し離れた場所に深さ約五メートル、長さ約二十メートル、幅約五メートルの穴が掘ってあった。その穴がトイレだった。長い板が三十センチほどの間隔をあけて二枚平行に渡してあった。それがいくつも横に並ぶ。この二枚の板に乗って用を足した。

「何しろ何千人と収容されているわけですから、トイレは二十四時間満員ですよ。自分の順番が来れば、空いている二本の板まで行ってしゃがむのです。前の人のおしりは丸見えですし、後ろで用を足す人は、僕のおしりを見ているわけです。恥ずかしいこと、このうえなかった」

仁川で日本に向かう引き揚げ船に乗るまでの約一週間を、藤川一家はテント村で過ごした。六月十八日早朝、仁川行きの列車に乗るため、開城駅をめざして、往路と同じように歩き出した。

■議政府

京城北郊に位置する京畿道議政府。テント村は、議政府駅から約四キロ離れた野原に設営された。かつては日本軍の軍用地で、設営当時、日本軍の戦車が一台残っていた。

『朝鮮終戦の記録』によると、テントは設営当初は約八十張りが張られていたが、後に開城に収容された人の一部がまわされるようになり、百二十五張りまで増やされた。

引き揚げ記『流れる星は生きている』を書いた作家の藤原ていも、三八度線を越えた後、いったん開城のテント村で五日間の収容生活を送ってから、貨車で議政府に移送された。開城とは違って、議政府の収容所環境は格段に良かったようだ。藤原は前掲書で、議政府のテント村を次のとおり叙している。

〈医療設備は開城より完備しており、食事がすばらしくよかった。高粱《コーリャン》の温かい御飯が樽に入れて幾つも幾つも運ばれて来た。私たちは終戦以来初めて腹一杯食事をした。それでもまだ残して捨てるほどの配給量であった。私たちは開城で粥を食べて胃を馴らしておいてここで本当の飯にありついたからお腹には絶好であった。開城でいきなりこの給与を受けたら、凍えた人をいきなり熱い湯に入れるような危険なものであったに違いない。

ところで議政府の給与はこれだけではなかった。わかめの浮いた味噌汁が配給され、それに加えて一日置きにコンビーフと野菜サラダの缶詰が一ポンドずつ配給された。私は光っているコンビーフの缶を開けて、ふるえつくように食べた〉

議政府の収容施設で、米軍の余った物資をもらう日本人（米国立公文書館所蔵）

■注文津

注文津の環境もやはり、開城に比べて良かった。三万坪はあろうかと思われた砂浜の敷地は、海側を除く三方を鉄条網に囲まれていた。以下は、一九四六年七月末に興南から海路脱出し、注文津に八月二日に上陸した、興南居留民会事業部長だった近藤博の記録である。少し長く引用する。

〈注文津という所は、環境のよい所だった。とぼとぼと歩いて行く道の両側は、一面に白砂青松であり、綺麗に植林された松林で、絶好の避暑地である。その松林の間を九十九《つづら》折りの十間道路が通っている。バスが走っている。心に余裕のある人が見たならば、朝鮮にもこんな景色のいい避暑地があったのかと思うくらいである。その松林の一ばんおしまいに幾つものテントが張ってある注文津のキャンプがあった。その中に米軍の幕舎《ばくしゃ》もある。われわれはそこへ招じ入れられた。米兵に初めて接するのでみな不安を感じる。しかし片言が通ずるのかロスケとちがって気分が違う。荷物の検査があり、日銀券の取り調べがある。その取り扱いは案外親切で、まず何の問題もなくパスした。そしてテントが割り当てられて収容された。（中略）

八月二日注文津の南鮮第一夜は、キャンプで土の上に莚を布《し》いて寝たのだったが、十二日間せまい船の上で不安な野天生活をしてきた者にとっては、まったく手をはり足をのばすことのできる安眠の一夜だった。一夜あければ、みなテントの前にかまどを造って一斉に炊事を始めた。ちょうど出盛りのじゃがいもを買って主食とし、配分の米軍缶詰で久しぶりの立派な食事をとった。

これで船が五、六日うちに迎えに来てくれれば万事OKだと喜んだことだった。

翌日には三種の予防注射がなされ、DDTの消毒があった。その徹底していること、その効力の強いのには驚かされた。いままでどうしてもとれなかった虱《しらみ》が一匹もいなくなった。シチューとソーセージの缶詰が一人に二日分として二ポンド缶ずつ配給され、その現物を受け取ってみて、その缶詰の大きなこと、その内容の豊富なことに目をみはった。こんなに大きな肉の缶詰があるのか、一日にこんなに沢山の肉を食うのかと考えたりした。水の配給にもまた驚かされた。ポンプで水を汲みあげ、大きな携帯水槽に溜め、殺菌剤を充分入れて、時間時間に配給する。一日六回の配給である。洗濯だと言っては川に連れて行ってくれる。買い物の時間だと言っては市場に案内してくれる。市場には甘い饅頭《まんじゅう》や菓子がある。果物もたくさんある。キャンプに張りめぐらされた柵の外には、味噌でも野菜でもじゃがいもでも、朝鮮人が米国兵の目をかすめて売りにくる。金さえ出せば、米でも魚でも買えるのである〉

咸鏡北道雄基で密航船に乗り、海路南下した大嶋幸雄の一家五人が、注文津のテント村に入ったのは、十月二十六日ごろだった。大嶋の記憶によると、米兵は一人もおらず、日本人世話会の腕章をつけた少数の日本人が収容所の運営をしていた。

テントの中に入ると、木製の台が並び、米軍の毛布が敷かれていた。その上で、支給された毛布をかぶって寝た。「こんなに上質の品物を敗戦国民に貸与するなんて」。大嶋は米軍の豊富な物量に驚いた。日本が戦争に負けた理由が呑み込めた。

最初に出た食事は、小さなコップに半分ほどの、味が薄いスープだった。このスープが朝夕一杯ずつという食事が、二日ほど続いた。少量の食事しか与えない理由を、大嶋は後になってわかった。「飢えて死にかけていたのが突然、大量の固形物を食べたりすると、体を壊して死んでしまうんだね。だから、流動食を出して体を馴らしていたんだな」

三日目から主食としてポタージュ、さらに一日一回、コンビーフが出た。大嶋が目を丸くして述懐する。

「高さ三十センチぐらいの大きなコンビーフの四角い缶詰。一個小隊用でしょう。缶切りで開けたら固くて詰まっていて出ないの。頭のいい人がいてね、缶の底も開けた。何をするのかと思っていると、テントを支えている杭《くい》で下から押し上げて出した。それを六十個に切って、一人当たりタバコの箱の二倍ぐらいの大きさが配られた。コンビーフというのを食ったのは、この時が初めて」

テント村では引き揚げの時が近づくと、演芸会まで開かれた。収容された人々は歌や踊り、寸劇などを披露した。鉄条網の中は憩いの場に変わった。

参加者には袋詰めのポップコーンがふるまわれた。大嶋によると、収容された人々はこの珍しい賞品を「爆弾あられ」と呼んだ。

収容されてから十日を経た十一月五日。大嶋一家は注文津の港で、日本から到着した、旧日本海軍の駆逐艦を転用した一、二〇〇トン級の引き揚げ船に乗る。目的地は長崎県・佐世保港。終戦から十五カ月がたっていた。

引き揚げ前日の夜。テント村で活動する日本人世話会の男性が引き揚げ予定者を前に、日本本土の状況について説明した。男性は国会議事堂が描かれた十円札を頭上に掲げてヒラヒラと振り、言葉をつないだ。

「これが今の日本で使われている新札です。皆さんが持っている朝鮮銀行券は佐世保で没収され、その代わりに百円がこの新札で支給されます」

超満員のテントの中で、この説明を聞いた当時十三歳の大嶋は、まだ足を踏み入れたことのない本土に〝帰国〟するのだ、という実感がようやく湧いてきた。

第5章
無名の人々、無私の献身

1946年8月、東京・上野駅で引き揚げ者にお茶を振る舞う
「在外父兄救出学生同盟」の女子学生（写真提供：共同通信社）

東北鮮の救世主

■闇夜に輝く灯台

日本の敗戦で機能不全に陥った朝鮮総督府に代わり、京城《けいじょう》の在留邦人の間で「総督府をあてにせず、自ら苦境を乗り切ろう」と生まれたのが、前章までに登場した京城日本人世話会だった。

一九四五年九月二十日、米軍政庁が南朝鮮で発足し、朝鮮における日本の国家権力が完全に消滅すると、京城日本人世話会は、米軍政庁がその補助機関として認めた日本人社会唯一の組織となり、引き揚げ船が待つ南朝鮮内の港に向かう列車の手配や、食事の提供など在留邦人の支援を本格化させる。

南朝鮮の在留邦人の引き揚げは、一九四六年二月にはほぼ終了した。南朝鮮各地の日本人世話会はその役目を終え、京城、釜山《ふざん》の両世話会だけが残された。米軍の残留許可を受けた百数十人のメンバーは、北朝鮮各地の日本人世話会と連携し、南下してくる脱出者の受け入れと引き揚げ支援に奔走した。

数多くの引き揚げ者の証言を集めた森田芳夫は『朝鮮終戦の記録』で、「(昭和＝引用者注）二十一年四月以後、北朝鮮から脱出してくる日本人の受入送還の拠点は、京城・釜山両日本人世話会であった。両世話会の存在は、苦難にみちた北朝鮮の日本人にとって、やみ夜にかがやく灯台のようなものであった。三八度線のむこうには、京城・釜山両日本人世話会が自分らの南下を待機しているというニュースが、朝鮮人を通して北朝鮮の日本人にひろがっていた」と記している。

■二人の日本人

一九四六年春、北朝鮮で結氷がゆるむと、酷寒を生き抜いた在留邦人の北緯三八度線越えが活発になる。その南朝鮮への大量脱出を語る時、欠かすことのできない二人の日本人がいる。当時三十代後半の磯谷季次《いそがやすえじ》と松村義士男《よしお》だ。

磯谷は一九〇七年に静岡県で生まれた。一九二八年に、咸鏡北道《かんきょうほくどう》庁所在地だった羅南《らなん》の陸軍第一九師団七六連隊に入隊するため朝鮮に渡る。一九三〇年に除隊後、咸鏡南道興南《こうなん》に直行し、化学コンビナート日本窒素興南工場に入り、硫酸工場で働いた。

興南工場では当時、共産主義革命の実現をめざす極東地域の組織「太平洋労働組合」の活動方針を受け、共産主義活動家による赤色労働組合結成の動きが活発だった。

朝鮮人コミュニストの影響を受けた磯谷は、労働組合の再建を画策したとして、一九三二年四月に治安維持法違反で摘発された。磯谷は京城の西大門《せいだいもん》刑務所、北朝鮮の咸興《かんこう》刑務所の計二カ所で、一九四二年まで牢獄生活を送った。

興南工場に勤務していた鎌田正二《しょうじ》の回想記『北鮮の日本人苦難記』によると、松村も磯谷と同時に検挙された。松村は元山《げんざん》中学を中退して興南工場に入り、油脂工場硬化油係で働いていた。松村は起訴猶予となっている。

終戦後、二人は咸鏡南道の中心都市・咸興に身を置く。磯谷は終戦時、咸興西の長津《ちょうしん》郡で林業に従事していたが、咸鏡南道検察部長になっていた朝鮮人の友人、朱仁奎《チュインギュ》の勧めで山を下りた。松村は起訴猶予となると西松組に入り、各地の工事に従事したが、その間も昼夜の区別なく特高が目を光らせ、彼を尾行した。その後召集され、終戦とともに咸興にたどり着いていた。

左：松村義士男氏（『北鮮の日本人苦難記』時事通信社より）
右：磯谷季次氏（写真提供：小川晴久氏）

なお、松村の社歴などについて西松組の後身「西松建設」に問い合わせてみたが、「残念ながら記録が残っておらず、在職していたかどうかは確認できなかった」（社長室CSR経営推進部広報課）とのことだった。

■朝鮮人から信頼を得て

二人は戦前の左翼活動を通じて、朝鮮人との太いパイプを培《つちか》っていた。磯谷は名字を朝鮮語読みした「キコク」という呼び名で朝鮮人に親しまれていた。つい先日まで日本当局の弾圧を受けていた朝鮮人は解放後、行政機関の咸鏡南道人民委員会や朝鮮共産党（労働党の前身）咸興市党部（支部）の幹部となっており、その多くが磯谷と松村の名を知っていた。

二人は一九四五年秋、咸興に「朝鮮共産党咸興市党部日人部」を設立した。日本人が置かれた劣悪な生活環境の改善と、南下の黙認を求めて、北朝鮮側と粘り強く交渉した。

磯谷が一九八四年に刊行した回想記『わが青春の朝鮮』によると、「朝鮮共産党咸興市党部日人部」というのは、朝鮮共産党の事前の了解なく松村が勝手に使った名称という。ただ、朝鮮当局もこれを黙認していた。

磯谷は咸興での活動を開始した当時について、一九四六年六月に咸興で記した手記の中で次のようにふり返る。

〈私は幸いというか、かつて朝鮮における解放運動にたずさわり、戦前及び戦中の約十年間、朝鮮人同志諸君とともに、咸興及び京城西大門刑務所に拘禁されていたため、日本降服後、各機関の重要ポストに就いた人達に多くの友人知己をもっていた。よって、日本人委員会（一九四五年十二月三日に咸興日本人世話会が名称を変更＝引用者注）と朝鮮側との間に存在する心理的溝の橋渡しをすることは自ら適任であり、また当然果さなければならない義務であると考えたし、また道検察部長の朱仁奎君が私に下山を求めたのは、彼が日本人に対する同情から、私のそうした役割を考えてのことであると信じられた。（中略）

一方、松村は、一粒の米の配給もなかったその頃の日本人のため、私との連名で市当局に嘆願書を出して米穀百五十石を貰いうけていた〉

二人は興南の窮状打開でも尽力した。引き続き前掲手記の一節。

〈私が同志松村とともに一月二十一日に興南をたずねて居留民会を訪れたとき、各地区委員に対する報道報告板のそばでまったくぼろぼろの着物をまとい、真黒な顔をした労務者が弁当を食べているのを見た。私は何気なくその弁当の内容を見たとき、あまりにみじめなのに心を打たれた。それはほとんど色あせた大根の葉であった。かれは恥じ入るようにその弁当を私の見えない方にかくしたので、私もそれ以上立ち止まっているに忍びず、そのまま奥の方へ歩き、階段の上り口で、松村にその弁当をみろと黙示した。松村は無遠慮に、労務者のところへ行って、その内容をみきわめて帰ってきた。私はいっしょに二階に上って（興南日本人居留民会の＝引用者注）会長室にはいったが、松村はただちに出ていき、手に何か紙包みをつかんで帰って来た。

帰途、松村は先程の小さい紙包を開いて私に示した。そこには、くだんの労務者が食べかけた、大根の葉の中に少量の豆腐かすをまぜた豚の食糧のごときものが包まれていた。松村は、これを三〇円で買ってきたこと、そのとき労働者がうれし涙を流していたということを話したが、聞いている中に、私も何かはげしい感情にとらえられてしまった。（中略）

咸興に帰ると、私は同志松村とともに、ただちに咸興市党部に宣伝部長李達進《リダルジン》を訪れて、くだんの内容物の一部を示し、市党部を通じて道党部に、興南における日本人、とくに食糧問題に対して、新たに問題とすることを要求した。その夜、当時道検事になっていた朱仁奎君を訪れ、たまたま会合していた張海友《チャンヘウ》検察所長にさらにその食糧を示して、検察当局としての善処を求めた。私はもしこの際、日本人問題を朝鮮人側で閑却《かんきゃく》するならば、直接これをソ連軍司令部に持参して、問題にすることをほのめかした。張海友検察所長は、その夜ただちに興南に自動車でおもむいた。

翌日、興南保安隊は、日本人の食べもののいっせい検査を行なった結果、同様なものを食する多数のものがあることが判明し、食糧問題に新たな検討が加えられ、やがてソ連軍の指令によって、従来、とだえがちだった二合の配給が三合に増配された〉

手記に記された磯谷、松村の行動は、すでに敗戦国民となった一般の在留邦人には、容易なものではなかった。こうした行動を可能にしたのは、二人の勇気や正義感と合わせ、何よりも朝鮮人の間に二人に対する絶大な信頼があったからであろう。

一九九八年に九十一歳で他界した磯谷と彼の晩年に親交があった、小川晴久・東京大学名誉教授は、「何よりも清貧だというイメージがありましたね」としみじみと語った。そしてこのように言い添えた。「戦前に自分たちを苦しめたり、弾圧したりしたかもしれない日本人たちの救出のために、無私の精神で献身した人だ」

■脱出工作

磯谷が咸興市党部日人部を中心にして、朝鮮側諸機関との折衝や日人部を来訪する多くの日本人や朝鮮人への応対に追われる一方で、松村は北朝鮮各地の避難民の脱出実現に向けて走りまわった。

松村は一九四六年二月、集団脱出を成功させるには、京城日本人世話会と緊密な連絡を図る必要があると考え、京城への密行を決行する。その動機について、松村は帰国後の一九四七年十一月に記した手記「東北鮮の脱出工作」に次のように叙している。

〈咸興日本人の当時の状態、及び日本人処置に対するソ軍及び朝鮮人側の方針に照して、相当期間身動きも出来ず、何とかして共食《きょうしょく》を続けさせられるものと判断した。ところがその財源として金持の所持現金を調べたところ、その大部分は既に凍結預金となっており、財源の涸渇は時期の問題となっていた。この補給について噂及び考えられる想定に基づいて、朝鮮総督府が残したと思われる資金について京城の応援を求めること、及び情報の交換のため、京城行を決意した。

一月上旬、元山からの情報（収容所の準備）及び共産党道党部からの内示に依って、二月五日から正式引揚の予定を察知し、其の準備をしていたが、其の期日を過ぎても具体化せず、又今後の見通しも全然不明となり、且つ咸興から分散した富坪《ふうひょう》・五老《ごろう》方面、高原その他の沿線一帯の散住日本人の状態は、生活基盤薄弱に加えて伝染病の猛威にさらされ、悲惨の度を加え、これを徒《いたず》らにソ軍及び朝鮮人側の方針に順応せしめることは許されず、確固たる自主的計画の必要を痛感

するに至った〉

松村の文章は少しわかりにくいが、このまま日本人を咸興や周辺地帯に残置すると惨事が広がるので、南朝鮮に脱出させる、そのために、脱出工作などに必要な資金を京城日本人世話会に依頼して調達する、ということだ。

北朝鮮当局が事実上、朝鮮共産党員と認める立場を最大限に活かし、松村は一九四六年二月十四日、ソ連軍のトラックに保安署員とともに便乗して三八度線に向かった。朝鮮語がたくみな彼は三八度線をやすやすと越え、二月十九日に京城に着く。

京城日本人世話会会長の穂積真六郎、総務部長だった古市進と協議を重ね、穂積から八万円の活動資金を受け取って、二十七日に京城を離れた。途中、「脱出路の偵察及び（北朝鮮）保安隊に南下策の諒解《りょうかい》、及び保護方、懇請の工作をなしつつ」（「東北鮮の脱出工作」）三月五日、咸興に帰着した。

松村は咸興に帰ると、古市と京城で九日間にわたって討議して描いた構想を、具体的にまとめあげる。それは三八度線近くまで日本人を移動させ、監視がゆるんだところで南朝鮮に脱出させるというものだった。

彼が「東北鮮の脱出工作」でふり返っている計画の大要は、次のようなものである。

●脱出計画を日本人委員会のような居留民会に任せるのは危険であるので、朝鮮当局の信頼を得ている朝鮮共産党咸興市党部日人部を前面に押し立てて推進する。

●ソ連軍は越境について絶対拒否の姿勢を見せており、朝鮮側諸機関の黙認を得て日本人側が自主的に実施する。

●南下は親族・縁故を頼った移住を名目として開始し、出稼ぎや住宅事情による疎開などの理由で拡大させてゆく。

●危険と労苦を最小限に抑えるため、鉄道によりできるだけ南方まで集団移送する。また海上輸送も利用する。

●南下脱出はまず、自己の危険負担によって決行、かつ成功すると認められる者に行わせる。続いて朝鮮人から要注意人物とされる者、孤児など生活能力の低い者、一般人と対象を広げる。

●ソ連軍に対しては、移住がやむをえないこと、生活の窮状を強調する。また朝鮮人の日本人に対する感情悪化を宣伝する。

■引き揚げの神様

南北の日本人責任者が話し合った脱出工作は、三月半ばから実を結ぶ。北朝鮮当局とソ連軍の黙認を取りつけ、咸興では三月十五日から少人数で列車による南下が始まり、次第に集団による脱出へと移行。咸興日本人委員会によると、四月には七千九十三人を、五月には一万三千四百四十二人を、それぞれ列車で南下させることに成功した。

前出「東北鮮の脱出工作」には「南下脱出に対する朝鮮人側及びソ軍の態度の軟化に乗じて、

又、交通機関の不円滑化をおもい、この機に海路の開設を策し、市党部への工作を強化し、西湖津地区をその予定地として、選定す。……併せて保安署交運局の諒解工作をなす」とある。松村は四月になると、日本人の早期脱出を狙って、陸上輸送と並行して海上輸送計画も立てた。その結果、四月と五月合わせて三千六百八十八人が、松村が手配した船によって、注文津《ちゅうもんしん》など南朝鮮の東海岸まで運ばれた。

咸興や興南、元山などの日本人の大量南下が順調に進むと、松村の脱出工作は、北朝鮮北部の咸鏡北道に広がっていく。松村は五月二十五日、咸鏡北道城津《じょうしん》に朝鮮人密使を送り、城津在住者の実情と脱出計画についての情報を収集。六月上旬には、日本人技術者の問題について協議するという名目で、十万円の工作資金を持参して城津入りし、城津在留日本人世話会幹部らと脱出の協議をした。

このころになると松村は、日本への早期引き揚げを切望する日本人の間で有名になっていた。城津在留日本人世話会で渉外部長として活躍した小西秋雄は一九五九年に記した手記の中で、松村が城津入りした時の熱狂ぶりについて「松村義士男氏一行が到着、舎宅困窮者を巡視して之を激励、脱出工作資金として十万円を世話会に持参された。『引き揚げの神様共産党の松村様来る』の叫びは全舎宅街を吹きまくった。引き揚げの気運は絶頂に達した」（月刊誌「親和」一九五九年十一月十五日号）とふり返っている。

松村の朝鮮側への積極的な工作は功を奏して、城津でも間もなく、列車による南下が認められるようになる。松村らの工作で、城津に残されていた「日本高周波重工業」城津製鉄所に配置されていたソ連軍技術将校のアパトフ少佐が、工場再開に向けた日本人技術者の協力を評価、「用のない日本人は帰したほうがいい」と脱出計画を積極的に支持するようになったのだった。小西の手記によると、列車は「アパトフ列車」と呼ばれ、第一便は六月十三日に四百四人を乗せて南下した。

集団脱出の段取りを次々にまとめあげる松村は、行く先々で在留邦人に歓迎された。

十月八日午前、朝鮮半島最北の地・雄基《ゆうき》の丘陵に、日本人約四百人が集まった。人々の前には、男二人の姿があった。城津から北上してきた松村と前出の小西だった。雄基避難民団幹部から協力要請を受け、船による集団脱出について説明会を開くためだった。

「小西さんは背が高くて紳士然とした印象だったね。その横に立つ松村さんは、大きな体に黒革のソフト帽、そして黒の革ジャンパーを着ていた。説明は全部、小西さんに任せて、腕を組んでずっと黙ったまま。目が鋭く、とても威圧感がありました」

一家五人で八日後に闇船で南朝鮮に向かった大嶋幸雄が述懐する。小西の簡潔な説明が終わると、二人は丘を下りてきた。「近所の婆様は二人に向かって、両手を合わせて拝んでいた」とは大嶋の回想だ。

その後、松村は辺地に散在している日本人や抑留者を集結させ脱出させようと計画を練っていたが、十月二十日、清津《せいしん》で現地のソ連軍衛戍《えいじゅ》司令官から「間もなく北朝鮮からの正式引き揚げが始まる」との情報を得たことで咸興に戻った。そして、ソ連軍による正式な帰還事業の第一弾で十二月十六日、磯谷と共に元山港から引き揚げた。

松村は一九六七年三月、脳溢血で死去するが、北朝鮮における身をなげうった八面六臂の働きは、彼を知る引き揚げ者の間に深い感銘を残した。前出の小西は手記の中で「義人にして北朝鮮引き揚げの英雄、黙々として多くを語らず、温情は全身に溢れて、日本民族救出のためには鬼神を泣かしめる離れ業を敢行した。北緯三八度線が生んだ日本民族の巨星」と松村を讃えている。

小西の手記には、松村の人柄をうかがわせるエピソードも記されている。

小西が松村と二人で、引き揚げ支援のために旧満州との国境近くの街に足を運んだある日のことだった。秋風が吹きすさぶと、松村は嬉しそうに、つぶやいたという。

「ああ、風が吹いていますね。今日も帆をはって船は走っていますよ」

女たちは極限で

■スカートをはいた女性

多くの人々にとって、命がけの南下は自分や家族のことだけで精一杯であった。そんな状況にもかかわらず、見ず知らずの人を守るために身を挺したり、置き去りになった孤児に救いの手を差し伸べたりした無名の女性たちがいた。

神崎貞代は終戦翌年の春、両親と二人の妹の家族五人で咸鏡南道咸興を脱出し、貨物列車と徒歩で三八度線を越えた。当時十七歳だった。日本の土を踏んで六十九年が経った今もなお、脱出する避難民の集団の中にいた若い女性のことが忘れられない。

一九四六年五月二十五日。神崎一家は、東の空が白まぬうちに咸興駅へ着いた。夜明け前に家を出たのは、南へ向かう列車の発車時刻もわからなければ、時計もなかったためである。

駅前の広場には、すでに大勢の避難民が座り込み、列車を待っていた。北朝鮮の厳冬を生き延びることができなかったのか、お年寄りや乳飲み子の姿はほとんど見当たらなかった。

やがて、何両にも連なった貨物列車がやってくると、避難民たちは地面に置いていたリュックを背負い、ぞろぞろとプラットホームへと歩いていった。避難民を満載した列車が動き出した。山間部にさしかかったころ、列車は長い時間停車し、避難民は全員降ろされた。駅名は定かではないが、「緯度で言えば、まだ三九度以北だった」と記憶する。一行は、元遊郭の建物で夜を明かした。

神崎が記憶に強く残る「彼女」に出会ったのは、次の日の朝だった。避難民団を率いていた団長の隣に、一人の若い女性が立っていた。年のころは二十二、三歳に見えた。色黒で丸顔の彼女は、ブラウスにスカート姿。チリチリにパーマをあてた髪を後ろから手ぬぐいで覆い、額《ひたい》でぎゅっと結んでいた。

「パーマネントはやめませう」という戦時標語の名残があった当時。「パーマをあてて、スカートをはいている人なんていませんよ。ひと目見ただけで、普通の女性ではないとわかりました」と神崎は言う。遊郭出の女性だった。

女性がその日から行動を共にすると、頭に巻いた手ぬぐいの中には、北朝鮮に進駐したソ連兵を相手に体で稼いだ札束が隠されているとの噂が、避難民団の間でたちまち広がった。ソ連の首都モスクワにちなんで「モスコー」というあだ名がついた。軽蔑の響きを含んでいるのは明らかだった。

だが、そんな侮蔑的な表現とは裏腹に、一行はモスコーの献身に救われることになる。

日本人が列をなして歩く時、モスコーはいつも先頭に立って、周辺に目を光らせた。ある日、二人の妹を連れた神崎が並んで先頭を歩くと、モスコーは「あんたたち、私より前に出たらダメよ」と釘を刺した。

列車を降りては、いくつかの集落を歩き、また列車に乗る。それをくり返す中、集落の門前では決まって、朝鮮人の男が金品を要求した。列車に乗れば、機関士やその取り巻きから「おまえらは長年、われわれから搾取してきた」などといいがかりをつけられ、カネを求められた。やがて避難民団が用意したカネが尽きると、モスコーが手持ちのカネを渡していた。

万一、暴漢に遭遇した際には「私たち（女性）の身代わりの役目も担っていたと聞きました」と神崎はふり返る。神崎が咸興で親しくしていた人物が日本に戻った後に語ったところによると、モスコーは南下するいくつもの集団を、三八度線まで送り届けていたという。

道中、気がふれた女性が、子どもを抱えて井戸に飛び込み、自殺しようとした事件が起きた。近くにいた男性が突き飛ばし、母子は井戸に落ちずに済んで、一命を取りとめた。神崎は母から「モスコーが自分のコメを、その母子に分け与えていた」と聞いた。神崎は、周囲にさげすまれながらも献身するモスコーの姿に心を打たれた。

咸興では、戦前は威張り散らしていた元憲兵隊の幹部が身分を隠してこそこそと暮らしている様子や、力なく泣く幼子に食べ物を分け与えようとしない大人の姿を目の当たりにしてきた。「権力者がいかに儚《はかな》いものか。本当に尊い生き方とは何か。十七歳の心に染みこみました」と神崎は言う。

自分もモスコーのようになりたいと、リュックにあった赤い鼻緒の塗りげたを、その母子に手渡した。げたは、女中として働いた咸興のソ連軍将校向けホテルで、ソ連兵から餞別にもらったものだった。母子は少し戸惑った表情を浮かべながらも、「ありがとうございます」と受け取ってくれた。

三八度線手前の河原で休憩した時のことだ。土手の上で仰向けになり、足を組んで寝転ぶモスコーを、神崎は見かけた。みな家族ごとに固まって休んでいたが、モスコーは一人だった。風でスカートがめくれ、太ももがあらわになった。通り過ぎる男たちがにやにやと笑いながら何度もふり返った。神崎は男たちの態度に怒りを感じるとともに、そんな視線にも動じず、じっと雲を眺めるモスコーの姿に、独り身の寂しさを感じた。

一行が三八度線にたどり着いた日、モスコーの姿は見当たらなくなっていた。引率してきた団長が、全員の前で涙ながらに声を絞り出した。

「皆さん、私どもはある方の献身的な行為に助けられたことを今、ここで思い出してください。命の恩人です。われわれは生涯、その方を忘れてはならないのです」

一行はみんな、「その方」が誰を指しているのかを知っていたに違いない、と神崎は思う。全員が深く頭を垂れて、団長の話を聞いていた。

■遊郭にいた女たち

北朝鮮では、ソ連兵などによる暴行から女性を守るため、「身代わり」の女性を準備した事例は少なくなかった。「モスコー」と呼ばれた女性も、そうした役割を担っていた。咸興に隣接する興南の敗戦後の様子を伝える『北鮮の日本人苦難記』は、「いよいよ困ったときは、女ででも買収せねばいかん」との意見が日本人社会で出たとし、遊郭出や極貧の女性を対象にして「犠牲になってもいいという篤志家《とくしか》」を募った事実を記録する。

遊郭出の女性が身を挺したケースは各地にあった。咸興では、そうした女性が十人ほど集まり、ソ連兵相手の「慰安所」をつくったという証言があることは、第二章で伝えたとおりである。ここでは別の一例として、『北鮮の日本人苦難記』が伝えるエピソードを引用したい。

〈松ヶ枝町《まつがえ》（興南の町＝引用者注）は遊廓として建てられただけに、外からの侵入を防禦《ぼうぎょ》するようにはできていない。ソ連兵の暴行事件は頻発した。

こういうこともあった。白昼トラックにのって松ヶ枝町を襲ってきたソ連兵は、とうとう若い奥さんと娘さんをつかまえ、トラックにのせてしまった。二人は蛇ににらまれた蛙のように、放心してトラックにのせられてしまったのである。男たちはどうなることかと遠くから見ているだけだった。ところが、もと松ヶ枝町の遊廓にいた三人の女が、急をきいてかけつけ、トラックに飛びのると、ソ連兵に媚態《びたい》をしめしながら、その奥さんと娘さんをトラックから突きおとしたのだった。二人はわっと泣きながら、走って逃げた。トラックは三人の女をのせて行ってしまったが、この三人の行為に、人々は涙で見送っていた。この話は興南じゅうに伝えられ、いままでさげすまれていた松ヶ枝の女に、勃然《ぼつぜん》として感謝の念をわきおこしたのだった〉

姉代わり

「中村登美枝さんを知ってますか。町田に住んでる。引き揚げを語る際、とにかくすごいのは中村さんだ。あの人がどうして叙勲されないのか、これが問題だ」

これまでに数回にわたって登場してもらった大嶋幸雄は二〇一四年八月、彼の自宅での取材が終わったところで、パッと思い出したかのように付け加えた。

中村という女性は、朝鮮半島最北端の雄基で生まれ育った大嶋の幼馴染《なじ》みだったという。大嶋はこうもたたみかけた。「中村さんに取材しなくてどうします？」

大嶋の言葉を受けてさっそく、東京都町田市に住む中村登美枝を訪ねることにした。

中村（旧姓・香川）登美枝は、一九二六年に雄基で生まれた。一九三八年に雄基からさらに北方のソ連との国境近くに位置する慶興《けいこう》に引っ越し、終戦の日を迎えた。

一九四五年十二月。当時十九歳だった中村は、南下して避難生活を送っていた興南の日本人避難民収容所「暁星寮」で、母・クニミと父・新太郎を発疹チフスで相次いで亡くした。それぞれ四十六歳と五十二歳であった。

取り残された中村と八歳年下の弟は孤児になった。

「同じような境遇の孤児がいる。あんたが年長なので、面倒をみてほしい」。年が明けた一九四六年一月、避難民の世話役である団長から頼まれた。父が亡くなって約一週間後のことだった。

中村は引き受けることにした。その時の思いを、中村が次のように回想した。

「それはもう、そんなことが自分にできるのだろうかと不安でしたよ。でも小さな子どもの顔を見ると、親代わりはできないけど、姉として力になってあげることができれば、と思って決心したのです」

移り住んだ六畳の部屋には、五組の兄弟姉妹、計十一人の孤児がいた。中村の下は十六歳の女子、最年少は三歳だった。自分と弟を含め総勢十三人での生活が始まった。

興南は北緯四〇度に近く酷寒の土地だ。部屋にはせんべい布団しかなく、十三人は抱き合って寝た。

毎日の食事は大豆の油かす。団長がいる隣の部屋からは時々、餅や魚を焼く匂いが漂ってきた。孤児たちに与えられることはなかった。

わずかなコメがたまに配給されると、男の子たちが拾ってきたソ連兵の残飯と煮て食べた。ほとんど味がしない貧しい食事だったが、子どもたちにとっては身体の温まる最高のごちそうであった。

「みんな何一つ不満を言いませんでした。それがとてもいじらしくて」と中村はふり返る。

孤児たちが暮らした暁星寮は興南で最も粗末な収容所の一つだったようだ。前出の『北鮮の日本人苦難記』には「一時ソ連軍の兵舎となったとき、畳は全部はがされ、床板もところどころ燃やされてしまっていて、冬ひとの住めるような所ではなかった」と記されている。

■三十七人の孤児を連れて

三月になると、空き部屋が増えていった。冬の間に、栄養失調や感染症でたくさんの人が亡くなっていた。さらに、寒さがゆるんだことで、収容所にいた人々は次々に南下し始めたのである。

ある朝、孤児たちが隣室の団長の部屋に行くと、空っぽになっていた。「一足先に行きます」と書かれたメモと一斗（十八リットル）のコメ袋が置いてあった。

団長が孤児を置き去りにして南下した後だった。ふたたび中村の回想。

「朝のあいさつは子どもたちの日課にしていたんだけど、団長さんの部屋に行ったら、もぬけの殻で置き手紙。信頼していた団長にも裏切られたと思うと、悔しいというか悲しいというか、この野郎って感じでした。後で聞いたところによると、団長は自分が孤児たちを船に乗せて日本に連れて帰った、と厚生省に報告して、表彰までしてもらったそうです」

コメがなくならないうちに南下しよう。中村は決意を固める。コメを十三等分し、それぞれのリュックに入れて数日後、つらくて悲しい思い出が詰まった暁星寮を後にした。三月の終わりごろだった。

興南駅前は列車を待つ人であふれかえり、殺気だった雰囲気に包まれていた。半日ほど待って、やっと貨物列車に乗り込んだ。

列車は何度となく停車と発車をくり返し、三八度線の北百十数キロの位置にある三防峡《さんぼうきょう》駅で、十三人は降ろされた。ここから先は、歩いて三八度線をめざすということだった。

線路沿いには、日本人が長い列をつくっていた。大人たちの後ろに続いて歩くと、「うるさい、離れろ！」と怒鳴られた。「騒ぐと、ロスケに見つかるじゃないか」と足蹴にする人や、つばを吐きかける人もいた。

孤児たちは野宿を重ねた。コメが底をつくと、暁星寮から持参した油かすをつかんで食べた。途中、親とはぐれたり、捨てられたりした子どもたちが、中村たちの列に次々と加わった。「三八度線を越える時には、三十八人になっていたと思うんです。私と弟を除いて三十六人がいたはず」と中村はふり返る。

徒歩で二カ月近く。最後の難関は夜の渡河だった。五、六メートルの川幅に丸木橋がかかっていた。中村が川に浸《つ》かって、一人ずつ孤児の手を握って渡らせた。水の冷たさに、腰から下は感覚を失ってしまった。最後に中村が向こう岸に上がると、下半身が生暖かくなった。

「本当に、これまで話したことはなかったんだけど」と前置きして、中村がふたたび言葉をつないだ。「土手をすべりながら上がると、モンペからシャーって。なんで生暖かいのかなと思ったら、無意識におしっこをしてしまったんですね」

当時の記憶が鮮明に浮かび上がってきたのだろう、中村は涙声になっていた。

トウモロコシ畑に身を隠し、冷えきった身体を寄せ合って眠った。翌朝、畑仕事に来た朝鮮人の老人に見つかってしまう。

老人は「ワシニツイテコイ」と片言の日本語で言った。地下足袋《じかたび》を履いた老人に連れて行かれたところは、ソ連兵と朝鮮人の保安隊がいる詰め所のようなところだった。

興南から来た孤児だと中村が恐る恐る説明すると、保安隊員は「よくここまで、がんばって来たね」と目を丸くした。興南を出てから日本人の誰からもかけてもらったことのない労りの言葉を初めて聞いた。

中村は知らず知らずのうちに、老人と保安隊員に「ありがとう」と頭を下げていた。保安隊員は引き止めるどころか、「行きなさい」と促した。

間もなく三八度線に着くと、南北を隔てる遮断機に、ソ連兵が手を掛けた。

その時、遮断機が開くのを待って座り込んでいた日本人が何人も立ち上がり、孤児たちに駆け寄ってきて叫んだ。「俺たちをおまえたちのお父さんお母さんだと説明して、一緒に連れて行ってくれ」

孤児たちがふり向くと、そう言った男は、山中で「うるさい」と言ってつばを吐きかけた人物だった。

十六歳の「幸《さっ》ちゃん」が、孤児みんなの気持ちを代弁するように、泣きながら言葉を投げ返していた。

「私たちにつばをかけて蹴飛ばしたくせに何を言うのよ！　私たちは孤児で、ここまで来るのに大変だった。いまお父さんお母さんがいることになれば、通れなくなるかもしれないじゃないの」

男は言葉を失った。

ソ連兵がゆっくりと、遮断機を上げた。孤児たちは遮断機が上がり切らぬうちに駆けだした。

1946年４月、北朝鮮から日本に引き揚げ、博多の収容施設で食事をする孤児たち（写真提供：共同通信社）

一人の男の子は遮断機の向こう側に抜けると、ソ連兵に向かって叫んだ。

「バカ野郎！」

中村は自宅で当時を思い起こして、目を潤ませる。「興南で一緒に暮らし始めて以降、この時に初めて子どもたちが歓声を上げるのを聞きました」

孤児たちが博多港に上陸したのは六月中旬のことであった。

学生、北へ潜入

■引き揚げ支援の学生組織

〈然《しか》るに最近の報道によれば、〝氷雪吹き荒《すさ》ぶ北鮮、満州や南の地に父母を、弟妹を、生き別れに残している学生達が、その父兄を救いたい一念に従って『在外父兄救出学生同盟』を結成してから二ヶ月余、その間各方面に必死の救出運動をつづける一方、学費に困るもの、下宿を焼かれたるもの、みなよく結束して互いに救いあい、励ましあって、引揚邦人にまで親身の手を伸ばしてきた〟というのである。なんという心強さであろう〉

終戦から約五カ月後の一九四六年一月に発行された、京城日本人世話会の在留邦人に向けた会報紙「日本人世話會々報」の一節である。

終戦後の混乱期、国民生活の再建に手いっぱいの日本政府に代わって、海外からの復員、引き揚げ者を援護する、学生の全国的な組織が本土で生まれた。それが「日本人世話會々報」に紹介のあった、朝鮮半島や旧満州など外地の日本人家庭から本土に進学した大学生らがつくった「在外父兄救出学生同盟」（以下、学生同盟）であった。

学生同盟設立の中心となったのは、朝鮮半島北西部の平安北道新義州《しんぎしゅう》に肉親を残して東京大学法学部で学んでいた藤本照男だった。

藤本は終戦後、家族の安否がわからなくなり、送金も途絶え、落ち着かない日々を過ごしていた。新聞は当時、連日のように「新義州の監獄破らる。韓国の犯人、巷《ちまた》に満つ」「ソ連、三八度線まで南下」などと、朝鮮の騒然とした様子を伝えていた。

藤本は居ても立ってもいられず、外務省に足を運んだ。新義州の状況はわからなかったが、応接した職員は、外務省の近くにあった「在外同胞援護会」を紹介してくれた。在外同胞援護会は引き揚げ者の保護や、内地に残った留守家族の支援を目的に設立された外務省の外郭団体だ。

藤本が、事務所で応接に当たった理事の岩井英一に、外地から「留学」した学生たちが、親元からの送金が途絶えて困っている窮状を訴えると、岩井は「同じ境遇の学生たちに呼びかけて団体をつくれば、なんとか面倒を見よう」と約束した。学生同盟の機関紙「同盟時報」に藤本が寄せた手記には、学生同盟発足の模様について次のように記されている。

〈大きな歴史の潮流が私の故郷である大陸を吸い取ってしまった。二十世紀に唯一つの迷宮があるとすれば、それは諒闇《りょうあん》に包まれた大陸の姿である。

報道は一斉に私達の年老いし父母の祈りと、いとけなき弟妹の号泣を伝えて来た。あまつさえ私達は、海外からの送金が途絶え、今晩の食にも事欠くという現状であった。風起ちぬ、いざ生きめやも。宿業の扉を今こそ私達の熱願で打ち開かねばならぬ。

九月も末であった。秋の虫が生命を鳴き尽くす夜半、在外に父兄を持つ三人の学生が下北沢のアパートに集まったのである。破れた窓からは季節はずれの冷たく鋭い北風が吹いて来た〉

一九四五年九月二十三日。学生同盟は東京・下北沢の学生アパートで産声を上げた。

たちまち全国組織に

学生同盟の発足を受けて、岩井は霞山《かざん》会館の一室を事務所として提供した。藤本たちは都内の各大学や高等専門学校の掲示板で仲間を募り、事務所を訪れる学生らに、活動の趣旨や方針を説明した。

東京大学構内で「海外に父兄を持つ学生に告ぐ」という掲示を見て、東大生だった大原寛は、学生同盟の事務所を訪れた。藤本は大原を熱心に勧誘した。大原は参加を決意した。大原も戦後、満州にいた家族と連絡が取れなくなり、学業が手につかなくなっていた。

「藤本は優秀なオルガナイザーだった」。二〇一五年に八十八歳になった大原は、七十年近く前の藤本の印象をふり返った。「オルガナイザー」という言葉を使ったのは、組織のまとめ役としての才が秀でていたという印象が強かったからだ。

大原によれば、各大学から参加した委員が手分けして他大学を訪問し、学生に参加を呼びかけた。大原は女子大を中心に任され、「（現在の）東京芸大や日本女子大、お茶の水女子大などをまわった。学生課長に学生を集めてもらって、演説をぶった」。

東京・神田の共立講堂で十一月十七日、約二千人を集めて、学生同盟の結成大会が盛大に開かれた。藤本が学生同盟委員長に就任した。

その後、全国組織に拡大することになり、各委員が全国各地のそれぞれ縁のあるところを分担した。大原は知人のいた秋田県に足を運び、支部結成の約束を取りつけた。

在外の肉親捜しと引き揚げ者の支援という活動方針は、たちまち各地で共感を呼び、学生同盟員は最大で約一万八千人にまで拡大した。

日本有数の引揚港だった博多港を抱える福岡県では一九四五年十二月、学生同盟が誕生した。博多港に上陸後、博多駅から臨時列車で各地の故郷へ向かう引き揚げ者たちに手を差し伸べた。

兄がシベリアに抑留されていた福岡市立農業専門学校生の吉住正刀《よしずみまさとう》は、福岡学生同盟に参加した一人だ。二〇一五年で八十七歳になった吉住がふり返る。

「シベリアに抑留された兄貴が早く帰ってくるのを願って、援護活動を始めました。引き揚げ者は食うものも食わずに引き揚げてきているから、みんな痩せてよれよれでした。学生たちは博多駅で、引き揚げ者の荷物を持って乗降を手伝ったり、体調を崩した人を看病したり。列車に同乗して京都や大阪まで付き添うこともありました。女優の李香蘭（本名・山口淑子）の妹だという女性を、東京まで送り届けたこともあります」

なかでも、ソ連軍が侵攻した満州と北朝鮮からの引き揚げ者のひときわ悲惨な姿は、学生たちを驚愕させた。福岡第一師範学校に通い、福岡学生同盟に参加した木下登壮《とうそう》は、髪を短く刈り上げてしまった女性たちの姿が脳裏に焼きついたままだ。

「まず、男か女かわからない。ソ連兵の暴行にあわないよう、女性は丸刈り頭で、男装して帰ってきた。『試練の智恵』とでも言うのかな。北朝鮮や満州から無事に引き揚げてきた人は奇跡やなと思った」

1947年春に撮影された「福岡学生同盟」の集合写真（写真提供：木下登壮氏）

学生同盟の活動資金は、日劇の免税興業など、さまざまな方法で捻出した。

大阪学生同盟で活動した松尾千歳《ちとせ》は「甲子園でかち割りの売り子をしたり、京都大学の研究室で『ガリ切り』をしたり。ガリ切りは、一枚五円だった記憶があります。みんなのお金を集めて、闇市でおかゆのような食べ物を買って、引き揚げ者にふるまいました」と当時を懐かしんだ。松尾は九十歳。第二章で紹介した、北朝鮮西海岸の都市・海州《かいしゅう》で終戦当時、陸軍海州地区司令部で軍属として勤務していた女性だ。

松尾は同盟活動を通して、夫の弘泰と出会った。一九二四年生まれの弘泰は陸軍将校だった。戦争に負けたことが恥ずかしく、戦後しばらくは故郷の長崎県諫早《いさはや》市に帰れなかった。一九四五年末に帰郷すると、「諫早青年同盟」の一員として、学生らと諫早駅で引き揚げ者の支援に携わった。東京の学生同盟から松尾が預かった手紙を、諫早で弘泰に手渡したことで知り合った縁で、二人は結ばれた。

諫早青年同盟の活動は、外地からの引き揚げが一段落した後も、戦災孤児の支援など形を変えて続いた。「一九四七年の暮れごろに、戦災孤児がどっと現れ、諫早駅前の事務所で一緒に寝泊まりして、世話をしました」と泰弘は言う。

■死を賭しても現地に

学生同盟の活発な活動は一九四八年ごろまで続く。だが、国内の駅や港、病院などで汗をかくだけでは満足できなくなった学生もいた。

〈この時私は、同盟がいやしくも在外父兄救出学生同盟であるならば、何等かの手段に訴い、多少の危険を冒しても、直接現地に救出の手をのばすべきであると考えた。何となれば、我々の父兄の何割かが、日本に帰る前に、既に淋しく異郷の土と化している事実に、気がついたからである。それ以来私は、何か毎日の活動に物足りなさを感じ、日と共にその意識は強固なものとなっていった。そして、そうする事こそ、同盟員の担わされた真の使命とすら考える様になった〉

東大農学部一年生の時に学生同盟に参加した故金勝登《かねかつ》は、一九四六年九月十五日に記した手記にそう書いている。

金勝は、戦前に日本の租借地であった関東州（中国遼東半島）の旅順高等学校出身。終戦後、母ときょうだいの多くは遼寧省大連に残ったまま、連絡が途絶えていた。

金勝は、神奈川県・浦賀の鴨居引揚収容所で学生同盟の奉仕の責任者をしていたこの年一月、サイパンやニューギニアから引き揚げてくる同胞の惨憺《さんたん》たるありさまを目の辺りにして、前記のような思いを抱くようになった。

間もなく東京に戻って駅頭奉仕に没頭しているうち、北朝鮮を脱出して日本に引き揚げた人物に会った。「三八度線以北では、日本人が飢えと寒さで次々に死んでいる」と聞いた。

「いよいよ死を賭《と》しても、同盟員現地派遣の必要を痛感した」（前掲の手記）。金勝は前述の藤本らと相談のうえ、自ら北朝鮮に潜入して脱出に力を貸そうと決めた。

三月初め、博多から朝鮮半島に帰る朝鮮人を乗せた引き揚げ船にもぐり込んで、南朝鮮の釜山に上陸した。

南朝鮮に進駐していた米軍政庁は当時、日本人に総引き揚げ命令を出していた。日本から朝鮮半島には終戦処理のために要員を派遣することさえ、許されていなかった。密入国は発覚すれば、銃殺刑に処せられる危険さえあった。

金勝は手記で、上陸当時を次のようにふり返る。

〈かねて連絡通り、釜山世話会（釜山日本人世話会＝引用者注）職員が乗船して来た。私達は彼等の誘導で、釜山世話会医療班員になりすまし、幾人かの鮮人保安隊員と、米兵の目をごまかして密入国するのである。タラップの第一段を降りる時、思わず躊躇した。何者かに引かれるような感じ、私はすべてを天にまかせた。

私は今、釜山港の中央部を歩いている。すべての鮮人の注視をあびている様だ。足がすくむ様な気がする〉

京城日本人世話会職員に偽装し、米軍発行の身分証明書と通行証を手に入れて、急行列車に乗り込んだ。

三月四日に京城に到着した。京城日本人世話会会長の穂積真六郎《しんろくろう》、総務部長の古市進らとの面談を経て、三八度線すぐ南の開城《かいじょう》までたどり着いた。

開城では北朝鮮から南下した人々を収容所に案内し、内地の実情を話して聞かせた。開城での奉仕活動は約一カ月間続いた。

その間に、密入国の金勝の周辺には、地元刑事の目が光り始めていた。三八度線突破の機会を得られる見通しはなく、彼はいったん帰国する。

■平壌へ

金勝が北朝鮮潜入に成功したのは六月一日深夜、二度目の挑戦の時だ。

三月に朝鮮に密航した際に開城で知り合った「吉原光蔵」と名乗る若い朝鮮人が、「日本人の惨状を見るのは忍びない」と言って、道先案内人を買って出た。開城に近い青丹《せいたん》から歩いて三八度線を越えた。

三八度線を越える前日の揺れる心境を、金勝は前掲の手記に書いている。

〈明日はいよいよ三八度線越えだ。覚悟はいいか、心の準備はよいかと、自問自答する。「鬼が目をむく八度線云々」とある脱出邦人が歌ったが、それを越えたら私の運命はわからない。やはり安住の地東京をはなれるべきではなかったと、柄にもなく弱気が出る。すると同盟のなつかしい友達の顔と、楽しい何の苦もなかった日々の様子が浮かぶ。その後どうしているだろうか。今頃はやすらかに眠っているだろうなあ。私は時の過ぐるに従い、ますます目がさえて眠れない。幼い頃の事も思い出す。ああ此の世の生活とも、これが最後になるかも知れない。私は死にたくない。絶対死ぬのはいやだ、是非とも生きて帰りたい。いや出来得れば行きたくないのだ。このまま東京に飛んで帰りたいのだ。これが実は偽らぬ私の心境だった。私は苦悶の余り突然起き上がった。隊員（青丹に派遣されていた京城日本人世話会職員＝引用者注）と邦人は昼の疲れかぐっすりと死んだようになって寝入っている。ああこの人たちも、脱出してくる邦人のためにのみ、すべてを犠牲にして艱難《かんなん》と戦って残っていてくれるのだ。

そうだ、やはり私は行かなければならない。結果は考えまい、とにかく行くことが私のさけられない宿命なのだ。東京にいる時は青年の熱と正義感が、死をも超越せしめてくれた。しかしそれは不安定至極なものだった。そして今は唯《ただ》、私のかくすることが私のさけ得られぬ運命なのだと考えることが、私の心を安定させてくれた。捨鉢《すてばち》かも知れない、しかしどんな気持ちからでもいい。誰か行かなければ、邦人は救われない事はわかりきった事実だ〉

実は金勝の手記には、三八度線を越えた日を六月一日と記すものと、五月三十日と推定させるものとの二種類がある。そのため両者の間には、その後の日程に関する記述も、日にちにずれが生じている。

四月に帰国した穂積真六郎の後任として京城日本人世話会会長に就任していた古市進は五月三十日、「本朝、金勝・吉原両氏、当地を出発、平壌《へいじょう》に向いたり」と、金勝が京城を出発した事実を出発当日に記録している。当日の出来事を記した記録に間違いはないだろう。本書では、金勝の二種類の記述のうち、二日遅れのほうの日程を採る。

三八度線越えは緊迫の連続であった。遠くに見えるソ連軍司令部の灯を目印にして、それを中心に半円を描くようにして進んだ。「前後左右に気を配りつつ、まさに神経を破裂させんばかりに緊張させて、十歩進んでは立ち止まり、足音や人の気配をさぐり、山の背に出て腹ばいしつつ前進した」とは金勝の回想だ。

朝鮮人のふりをして、三八度線に近い北朝鮮の街で列車に乗った。六月三日、平壌に到着した。平壌に残る日本人の生活は、予想以上のひどさだった。三八度線近くや北朝鮮東部からの大量脱出は春から進んでいた。しかし、北朝鮮の首都機能をもつ平壌では情報統制が行き届いており、脱出の動きは鈍かった。

■金日成への直談判

金勝は「金日成《キムイルソン》将軍に面会、脱出許可方を嘆願する以外にはない」と腹を決める。後の国家主席・金日成は当時、ソ連軍占領下の北朝鮮最高機関である臨時人民委員会委員長のポストにあった。

平壌に到着して三日目の五日午前。平壌駅前の委員会に駆け込むと、東京の明治大学出身という韓炳玉《ハンビョンオク》秘書長はあっさりと、委員長につないでくれた。

金勝が庁舎二階一番奥の部屋で待っていると、詰め襟《えり》服の金日成が現れた。当時三十三歳。日本語の上手な韓炳玉が「どうぞお話しください」と言うと、金勝は涙ながらに訴えた。

「いま朝鮮に取り残された日本人は食糧もなく、病気が蔓延し、自由に旅行したり仕事をしたりすることもできません。一日も早く日本に帰れるよう閣下のご配慮を切にお願いして止みません……」

金勝の手記によると、金日成はおもむろに口を開いて、こう答えたという。

「我々としても日本人の苦しみはよく知っている。何とかしてやりたい。そして日本人無為の残留は、食糧事情にも影響が大きく、むしろ独立の阻害にさえなる位で、我々としても早く帰したいと思っている。

しかし、何分《なにぶん》朝鮮は独立したといっても、すべてソ連軍の指令下にあるので、日本人の送還問題も自由にはできない。故に我々としても、いよいよ困窮した者には脱出を黙認してきた。

そして今まで朝鮮民衆のしてきた不法行為も、また脱出途中における保安隊員の略奪等も、これは今までの感情の行きがかり上、したことであって、決して政府の意向ではない。またソ連軍将兵の婦女子への暴行も、彼らは何分、戦地から直接きた関係上、気も荒く、万やむを得ないことと思う。

とにかく我々としては、日本人をいじめてやろう等とは決して考えてはいず、今後もソ連軍より特別の命令の出ない限りは、日本人の脱出は認めるだろう」

南朝鮮への脱出を黙認する発言だと、金勝は受けとめた。面会は約十五分で終わった。しかし、金勝にはすごく長い時間に感じられた。

彼は翌日から、正式な引き揚げが近いと信じて動こうとしない平壌市内の日本人を説いてまわり、北朝鮮内での移動の自由を認めるよう北朝鮮当局に陳情すべきだと促した。

金日成と面会した二日後。ふたたび北朝鮮臨時人民委員会の門をくぐった。この日は、金日成には会うことはできなかった。今度は臨時人民委員会保安局長の崔庸健《チェヨンゴン》の事務室に案内された。崔庸健は北朝鮮の治安を一手に握る実力者だった。当時四十六歳。一九七二年には北朝鮮の国家副主席に就任し、死去する一九七六年九月まで在任した。

金勝は金日成と会った時と同様に、切実に訴えた。始終一貫して黙って耳を傾けていた崔庸健は突然、金勝に握手を求めてこう話したという。

「今までのような危険な脱出ではなく、より安全な方法をもって、君たちの父兄をでき得る限り早く送り届けるであろう。決して君の期待を裏切るようなことはしない」

崔庸健は金勝の同胞愛を絶賛し、早く帰国して学生の本分を尽くし、日本再建に努力するようにと激励した。そして、「為人民而奮闘　石泉」と認《したた》めた色紙を金勝に贈った。石泉は崔庸健の号である。

三八度線を越えて十日以上が過ぎた。六月十二日、平壌駅から南下列車に乗った。二人の護衛兵までつけてくれるという特別待遇を受けた。その日の夕方、三八度線のやや北に位置する海州に着いた。その日は海州で一泊した。

翌十三日、トラックに乗り砂埃《ぼこり》をたてながら、南へと走り続けた。陽がかげるころ、三八度線上の村、華陽《かよう》の保安署に着いた。前方はソ連軍司令部、丘の向こうは南朝鮮だ。

やがてソ連軍司令部に足を運んでいた保安署員が戻り、金勝に一緒に外に出るよう命じた。ついて行くと、保安署員は三八度線と思われる地点でこう言って、別れを告げた。「元気で行け」。その日のうちに青丹駐在の京城日本人世話会職員と再会を果たした。

平壌のソ連軍司令官は金勝が南朝鮮に戻った二日後の六月十五日、平壌の日本人会に対し、「三八度線以北においては日本人の旅行を認める」と通達している。

南朝鮮に戻った金勝は約二カ月間、京城で脱出者援護に協力した。八月半ばに帰国の途についた。北朝鮮トップに直談判を果たした金勝は後日、次のように述懐している。

〈こうした（旅行の＝引用者注）許可が私の嘆願によっておりたとは毛頭考えていません。私のような一介の学生のする事を本気で受け取ってくれるとは考えられませんから。私以外にも身の危険を賭して脱出促進を実行した人々がたくさんいます。むしろ私はまぎれこんだ一人のエキストラにすぎないでしょう。ただ、エキストラだっただけに、こんな突飛なことがやれたので、それをお話してみたわけなのです〉（月刊誌『雄鶏通信』一九四九年一月号所収「金日成将軍会見記」より）。

金勝は八月十九日、引き揚げ列車で上野駅に戻った。五月十五日に東京駅を出てから三カ月以上がたっていた。

この間、七月初めに大連から無事に引き揚げた彼の家族のうち、母のすえは故郷の新潟で息を引き取っていた。母の死去を知った時の心境を、金勝は後にこうふり返っている。

〈もう一カ月早く帰れば、否、東京にさえいたら、同盟の当然なる援助により、もっともっと手厚く看病もし、何とか命を取り留め得たのではなかろうかと、悔恨《かいこん》と悲しみに、涙の流れるのをどうする事も出来なかった〉

職を賭して

その憂悶《ゆうもん》に終止符を

終戦翌年の一九四六年春。北朝鮮や満州からの引き揚げ者を乗せて福岡県・博多港に向かう引き揚げ船では、港が近くなると、「不幸なる御婦人方へ至急御注意!!」という呼びかけで始まるビラが、乗船者に配られた。ビラにはこう続く。

〈皆さんここまで御引き揚げになれば、この船は懐かしき母国の船でありますから先《ま》ず御安心下さい。

さて、今日まで数々の嫌な思い出もおありでしょうが、ここで一度顧みられて、万一これまでに「生きんが為《ため》に」又「故国へ還らんが為に」心ならずも不法な暴力と脅迫により身を傷つけられたり、又はその為身体に異常を感じつつある方には再生の祖国日本上陸の後、速やかにその憂悶に終止符を打ち、希望の出発点を立てられる為に乗船の船医へこれまでの経過を内密に忌憚《きたん》な

く打ち明けられて相談して下さい〉

ビラは全文を読んでも、どんな病気にかかった人に、いかなる治療を行うのかを明示していない。しかし、女性には、なかんずく満州や北朝鮮に進駐してきたソ連兵や日本の支配から解放された朝鮮人、中国人に乱暴を受けた女性には、すぐに見当がつく内容であった。心も体もズダズダになって日本本土に引き揚げてきた彼女たちに追い打ちをかけたのは、望まぬ妊娠や性病感染だった。

ビラを配ったのは、南朝鮮にあった京城帝国大学医学部の医師たちだった。一九四五年十二月までにほとんどが日本本土に帰国していた京城帝大の医師たちは、外務省の外郭団体「在外同胞援護会」に働きかけて、同会傘下に「救療部」を結成した。彼らは博多港近くの寺で、厚生省博多引揚援護局と協力して引き揚げ者の疾病治療に当たる中、心身に傷を負った数多くの女性に出会う。

京城帝大医学部講師だった田中正四《まさし》も、そうした医師団の一人だった。田中は第一章で紹介した、終戦当時の京城の様子を日記に残していた人物である。

彼の追想によると、博多港の埠頭で、船から降りてきた若い女性が「先生!」と駆け寄ってきた。彼女は京城女子師範学校で田中に教えを受けた一人だと名乗った。田中は一時、女子師範の講師を兼務していた。

間もなく彼女の両親が田中を訪ねてきた。聞くと「実は娘は妊娠している」という。小学校教師として赴任していた北朝鮮で、ソ連兵の度重なる乱暴にあったとのことだった。確かに彼女のおなかは、ふくらみが目立つほどになっていた。

これとは別に、引き揚げ船が日本に近づくと、思いあまって海に身を投げた女性もいたという話も、田中は聞いていた。

彼女たちをどうやって救うのか――。考えつめた医師たちは、ひそかに中絶手術などを施し、故郷に帰そうと考えた。

当時は重症疾患のないかぎり、人工妊娠中絶は堕胎罪に問われた時代だ。懲役六月以上七年以下、医師は免許を剝奪されるという厳罰を受ける危険を伴った。経済的理由による中絶が許される優生保護法の公布は、二年以上後の一九四八年七月のことであった。

■二日市保養所

博多引揚援護局の「局史」によると、医師からの提案を受けた援護局は福岡県と交渉して、同県筑紫野《ちくしの》市の二日市温泉にあった旧愛国婦人会の保養所を借り上げた。ただ、援護局がこの時点で、人工妊娠中絶を行うためと認識していたのかどうかは定かではない。

「二日市保養所」と呼ばれた施設は、一九四六年三月二十五日に開設した。博多港から車で約四十分。敷地面積は約二千坪で、木造二階建ての建物には、小さな部屋が四十室ほどあった。タイル張りの浴室を改造して手術室にあてた。当初は京城帝大病院婦人科に在籍していた医師二人と、約十人の看護婦が詰めた。

二日市保養所の正面で1946年に撮影された、医師や看護婦らの写真（写真提供：福岡市保健福祉局）

二日市保養所の医師だった故橋爪将は当初、堕胎手術が専門の病院であると聞いて愕然《がくぜん》としたという。ＲＫＢ毎日放送ディレクターだった故上坪《かみつぼ》隆が一九七九年に綴ったノンフィクション『水子の譜――引揚孤児と犯された女たちの記録』には、橋爪の次のような回想が載る。

「私もずいぶん考えました。これは堕胎罪になるわけですから。それで大学の先生や病院長などの人たちにも相談しまして、この際は非常事態なのだから勇気を持ってやろう、ということになりました。それは人工中絶というよりは、もう流産しかかっているものを手助けしてやるんだ、という態度でやるんだと、まあ苦しい理由づけですが、看護婦さんにもそう説明して、元気を出してやったんです」

船上でビラの呼びかけに応じた女性は、博多港に上陸すると、引き揚げの列から外され、埠頭で医師やベテランの看護婦による簡単な検診を受けた後、トラックに乗せられて二日市保養所に送られた。

四月下旬になると、引き揚げ婦女子援護業務として女子相談所が博多検疫所内に設置され、下船した女性の診察を行うようになる。それに伴ってビラの配布は中止された。夏ごろになると、新聞の広告欄も利用した。

〈三月の月末頃、一台のトラックが保養所の前に到着しました。幌も何も付いていない普通のトラックで、その端を摑《つか》んで数人がしゃがんでいました。人間が乗っているのは分かりましたが、どんな人が乗っているのか全く分かりませんでした。痩せて短く刈った頭をうなだれた集団が無言で乗っています。皆、すすけた上着にズボン姿で、最初は男性の集団だと思いましたが、よくみると華奢《きゃしゃ》な体つきの人ばかりで女性であることが分かりました。お腹だけ膨らんだ人もいます。我々看護婦は、あっと息を呑みました。（中略）これ以上、暴力を受けることを恐れるように身をやつして顔を黒くしたり、男装の上に風呂敷を頭から巻いて人目をさけるような人もおり、その姿は痛々しいばかりでした〉

村石正子は、三月末に保養所に到着した女性たちの様子をこうふり返っている。村石は看護婦として終戦まで日本赤十字朝鮮本部京城赤十字病院（以下、京城日赤）で勤務後、一九四五年十二月に帰国した。日赤の招集に応じて開設当初から三カ月間、この保養所で看護婦として働いた。村石の証言は、下関短期大学准教授の高杉志緒が二〇〇九年に行った、本人からの聞き書きによる。村石の話を聞こうと、二〇一四年九月に福岡県筑紫野市の村石の自宅に足を運んだ。しかし、会えなかった。親族によると、村石は同年五月から「長期入院中で、話ができる体調ではない」ということだった。

そして二〇一五年三月十六日夕、村石の長女から突然、電話が入った。その日午後、村石は入院中の病院で息を引き取ったということだった。村石に万一のことがあれば連絡してほしい、と頼んであった。四日後に八十九歳の誕生日を控えていた。

村石は約二十年前から、さまざまな機会をとらえて、二日市保養所における看護婦としての体験を証言する活動を続けていた。長女は村石から一度だけ、「歴史の語り部」を引き受けた理由を聞いたことがあったという。「本当に思い出したくない話だけど、誰も話をしないし、伝える人間がいなければということで。他の人は口をつぐんでいるけど、お役に立つなら、悲惨なことをくり返さないためにも話をするんだ、と言っていたことがありました」

元気になれば話をぜひ聞きたいと考えていただけに、残念でならない。

■麻酔もなく

二日市保養所に話を戻そう。妊娠していた女性は、まず数日間静養した後、中絶手術を受けた。手術台に横たわると、目隠しをして手術が始まる。妊娠四カ月以内の場合、医師が長いはさみのような器具を子宮に挿入して胎児をかき出した。聞き書きから村石の証言を引用する。

〈看護婦の役割は、ひとりが医師の手元を見ながら手術器具を渡し、もうひとりが女性の傍で手を握ったり汗を拭いたりして、容体を確認しました。終戦後、麻酔用注射薬もなく、鎮痛剤も不足していた時代でしたから、殆《ほとん》どの女性たちはそのまま手術台に上がらねばなりませんでした。（中略）麻酔もない状態で、子宮に根を張っている胎盤ごと剝がされるのですから、その痛みは想像を絶するものがあります。しかし、女性たちの誰ひとりとして、大声を出して暴れたり取り乱したりする人はいませんでした。黙って歯を食いしばり堪える女性ばかりだったのです。ひとりだけ口の中で『チクショー』と呟いた女性に出会いました。必死で痛みを堪えておられたのでしょう〉

四カ月後半以降の胎児の場合、漢方薬を使って陣痛を促進させ、早産させる処置を取った。母体から出てきたところで、穿顱《せんろ》器と呼ぶ先端のとがった器具を頭部に突き立てて、絶命させていた。なかには青い目の子もいた。ふたたび村石の証言。

〈妊娠七箇月までですと、嬰児《えいじ》といってもまだ小さいですから、声を上げることはありませんでした。それ以降になると、産声を上げる可能性がありましたから、女性たちにはその声を聞かせないように配慮していました。橋爪先生は「泣き声を聞かせてはいけない」とおっしゃっていました。たとえ望まない妊娠であっても、女性は自分の赤子の泣き声を聞くと条件反射的に乳が張ることをはじめ、母としての本能が目覚めてしまうことを橋爪先生はよくご存じだったからです。女性にそんな思いをさせないよう内容物（嬰児）は、膿盆《のうぼん》に受けた後、すぐにバケツに入れて蓋をした覚えがあります。バケツの中身の行方について私たちは全く知りませんでした〉（前

掲の聞き書きより)

しかし、胎児の処理について知る生存者がいた。村石と同じく京城日赤の看護婦養成所で学んだ吉田ハルヨだ。彼女も帰国後に日赤からの招集があり、看護婦として二日市保養所に駆けつけた一人。埼玉県川口市のマンションに吉田を訪ねた。

二日市保養所に勤務する前、在外同胞援護会救療部所属の看護婦として、引き揚げ船に乗り込んで釜山港と博多港の間を往復した。船上で引き揚げ者が息を引き取る場面に何度も遭遇した。その時の追想から話が始まった。

「船の中は引き揚げ者でいっぱい。博多港に着くまで身体がもたなくて死んでいく人が何人もいた。せっかく日本に帰る船に乗ったのに、死んでいくんだよ。遺体は海に投げ込んで水葬にされるんです。(遺体を)落とした場所を、船が『ボーッ、ボーッ』って、汽笛を鳴らしながら三回まわるの。元気な人は甲板でそれを見送るの。私もそういう光景をいつも見ていました」

吉田は二日市保養所の話となると、口が重かった。同じ質問を重ねてぶつけて、ようやく断片的な言葉を喉から絞り出すように話した。

「手術して取り出した胎児は、施設の中庭に穴を掘って埋めていました。焼き場はありませんでしたから」

そう言って、吉田は声を詰まらせた。しばらく沈黙した。そして言葉をつないだ。

「女性として、つらい仕事でした」

仁の碑

一九四六年四月から翌年四月まで医師として在籍した故秦禎三《はたていぞう》は、福岡市の市民団体「引揚げ港・博多を考える集い」が発刊した証言集の中で、「妊娠月数は五カ月が最多で六、七、八ヶ月もかなりありました」とふり返っている。

既婚者の正常な懐妊でない、暴行などによる妊娠は当時、「不法妊娠」と呼ばれた。前出「局史」は、不法妊娠で収容された患者数は、一九四六年末までに計二百十八人と記録する。しかし、秦は手記で「人工流産（中絶）の件数は四、五百件に上り、性病を含む婦人科疾患の患者数も同数位あった」と指摘している。

人工中絶は罪に問われる恐れもあったが、秦は「当時の私共は罪の意識は全く無く当然の義務を果たしているものと信じ、何の抵抗も感ずる事無く、連日連夜夢中で診療しておりました」と手記で述懐している。

一九四六年四月十六日。「恩賜財団同胞援護会」（前出の財団法人「在外同胞援護会」とは別）の総裁として、高松宮殿下が保養所を訪れた。高松宮は居並ぶ医師や看護婦に「ご苦労さん。頼みますよ」と声をかけた。一九九八年に出版された『高松宮日記』には、四月十七日の記載の中に「二日市の保養所にては二週間位の間に不法妊娠の手術をした由」とある。秦は前出の手記で「之で私共の行為が国の暗黙の了解を得られたものと確信した次第です」とふり返っている。

一九四七年春になると、新たな入所者はほとんどいなくなった。一般邦人の引き揚げはそれまでにほぼ終わったからだ。そして、保養所は同年秋にその役割を終える。

二日市保養所の跡地に立つ水子供養堂と「仁の碑」

いま、二日市保養所の跡地には、四階建ての特別養護老人ホームが立つ。桜並木があったとされる庭は、アスファルトの広大な駐車場になっている。

駐車場の北側隅には、小さな水子供養堂と石碑が並ぶ。石碑は、医師たちが職を賭して活動したことに心を打たれた福岡県内の高校教師が、一九八一年に私費で建立したものだ。石碑は「仁の碑」と呼ばれ、文字どおり、正面に大きな「仁」の文字が刻まれている。

■国策による中絶手術

二日市保養所とは別に、中絶手術は終戦直後、九州帝国大学医学部が国立福岡療養所（福岡県古賀市）と国立佐賀療養所（佐賀県三養基《みやき》郡）で実施していた。

そのことは、終戦時に九州帝国大学医学部産婦人科の庶務を担当していた医師が一九八七年八月、医学・医療情報誌に寄せた「国が命じた妊娠中絶」と題する一文で明らかにした。「妊婦と性病患者の収容は、福岡と中原の両国立療養所が充てられた。我々はここでその処理に当たったが、昭和二十二年（一九四七年＝引用者注）四月に業務が閉鎖されるまで処理された不法妊娠中絶の数は1000件を下らないと推定される」と記されている。

公式の記録によると、福岡療養所には博多港から性病・妊娠を含む患者五百九十四人（博多引揚援護局）、佐賀療養所には佐世保に着いた患者三百八十六人（佐世保引揚援護局）が収容された。二日市保養所では女性の救済を目的として手術が行われた半面、九州帝大による手術は国の命令によるもので、性病の蔓延や不条理な妊娠で外国人を父とする子が生まれるのを、水際でくい止めるための〝国策〟だったとされる。日本政府自体が法律を犯す行為を指示していたのである。

終章

邦人はなぜ放置されたのか

1946年1月16日、米ソ両軍司令部代表者会議でのソ連側の演説
（米国立公文書館所蔵）

技術者魂と望郷

■日本人技術者への要請

朝鮮半島を二分して占領統治する米国とソ連は、一九四六年十二月に協定を締結。ようやく北朝鮮で正式に、残留邦人の日本本土への引き揚げ事業が始まった。

先に述べたように、この時までですでに北朝鮮にいた一般邦人の九七パーセントは脱出していたのであり、残っていたのは約八千人にすぎなかった。

そのうち約三千人は北朝鮮側から請われた技術者とその家族だった。彼らは早期帰国への熱望と、技術者としての責任感との間で揺れながら、北朝鮮の経済建設に尽力し、正式な引き揚げが始まった後も北朝鮮に残留した。

日本人技術者に対しては終戦当初、ソ連軍も北朝鮮の人民委員会も特段の関心を示さず、工場の労役などに使うことが多かった。しかし、北朝鮮の産業復興が喫緊の課題となってくると、日本人の技術力を重視するようになった。

「あなたは朝鮮建国に協力して、技術者として勝湖里《スンホリ》に残ってくれ。私たちはあなたを国賓待遇にし、条約が結ばれたら立派に汽車でお帰しするから」

終戦まで平壌《へいじょう》郊外の勝湖里で操業していた「小野田セメント」平壌工場で耐火れんが工場長を務めた池田好比古《よしひこ》が、帰国後の一九四九年に残した口述録の一節だ。

小野田セメント平壌工場は一九四五年八月下旬、北朝鮮側が接収し、同年十月から「国営工場」として運営された。池田は同時にれんが工場の肉体労働者として働いていた。

引用した口述録の一節は「国営工場」の朝鮮人幹部が一九四六年二月、池田に語りかけた内容である。「それから私は優遇されはじめた」と、口述録は続く。池田は小野田セメント生産部次長のポストを与えられた。

池田によると、北朝鮮当局が在留邦人の南朝鮮への脱出を黙認していた一九四六年九月ごろになると、日本人技術者に対する監視は強化された。正式な引き揚げ事業の開始後も、勝湖里には十九人の技術者が足止めにされたという。

日本の植民地支配下にあった朝鮮半島では、金属、機械、化学、鉱山、電力など主要産業は日本人が担っていた。技術力が未熟で経営知識の乏しい朝鮮人だけでは、工場を操業できなかった。北朝鮮各地にあった日系工場は解放後、ソ連軍占領下の北朝鮮当局が接収し、日本人技術者は追い出された。しかし、しばらくすると、池田のように幹部として職場復帰を請われるケースが相次いだ。

咸鏡南道興南《かんきょうなんどうこうなん》にあった「興南地区人民工場」でも、終戦から二カ月ほどたつと、日本人技術者が続々と工場に戻り始めた。

人民工場の前身は、終戦まで肥料や火薬の製造、金属精錬などを手がけた東洋一の化学コンビナートだった日本窒素興南工場だ。興南工場で勤務した鎌田正二《しょうじ》は帰国後に執筆した『北鮮の日本人苦難記』で、次のように回想する。

〈(一九四五年=引用者注)八月二十六日、朝鮮側に工場の経営権が移ると、工場は労働組合の生産管理の形で経営が行なわれた。刑務所から出てきた朝鮮共産党の党員や、工場の朝鮮人従業員のうちでうまく地位を得たものが指導的地位にあったが、これらの人たちは工場経営に無力であった。そのうえ何を行なうにも、一般労働組合員の意向を尊重したので、あたかも衆愚の政治のごとくなり、工場はただ荒廃に向かうのみだった。

ところが十月二十日ごろ、北鮮臨時政府から鄭濂守《チョンヨムス》氏が支配人として工場に派遣されて経営にあたるようになると、事態は変化してきた。鄭濂守氏は、もと京城にいた朝鮮人技術者のグループを、新設の調査企画部に配し経営のブレーンとした。(中略)そして工場の組織を改め、労働組合の急進派を追い、荒廃に向かってゆく工場を再建の方向にむけるよう構想を練った。

彼らは日本人技術者の援《たす》けを受けねばならないと考えた。このグループの人たちは共産主義の立場から、日本人を排撃するのではなく、日本人も朝鮮人と一しょに働いてもらうようにすべきだと考え、また新しくこの地に来た人たちなので、過去の経緯にとらわれずに日本人を工場に入

れることができた〉

■最高の待遇

新国家建設には日本人の熟達した技術が不可欠と判断した北朝鮮臨時人民委員会は一九四六年八月、日本人技術者を北朝鮮にとどめるため、「北朝鮮技術者徴用令」を布告した。平壌では同年十月、臨時人民委員会が管轄する「工業技術総連盟」の傘下に、日本人技術者たちの中央組織となる「日本人部」が結成された。終戦当時、「朝鮮火薬」平壌支店長だった常塚秀次が部長に就任した。次長には、北朝鮮の平安北道寧辺《ねいへん》で鉱山開発をした経験をもつ佐藤信重が就いた。

日本人部が作成した名簿によれば、日本人の正式な引き揚げが始まる直前の時点で、残留を余儀なくされた技術者は八百六十八人いた。家族を含めると、技術者関係は二千九百六十三人にのぼった。「残った技術者の多くは、悲観、憤慨」していた、と常塚は手記でふり返っている。

そんな日本人技術者に、臨時人民委員会は最大限の待遇で応えようとした。日本人部職員の月給は二千円から六千円。北朝鮮のトップ、臨時人民委員会委員長のポストにあった金日成《キムイルソン》の月給が四千円というから、その厚遇ぶりがうかがえる。さらに「生命・名誉・財産を絶対保証す」「軽侮その他、不正行為を加えたるときは処罰す」と記した身分証明書まで交付された。

日本人部次長、佐藤信重の次男・知也は「なんだかんだ説得されて、仕方なく期間限定で残留した技術者もいた。ただ、多くは自分の技術を、朝鮮の再建に生かそうと張り切っていましたね」と往時をふり返る。知也は四歳の時に平壌に渡り、十三歳で終戦を迎えた。数え年で十六歳になると、日本人技術者の子弟等が通う「日本人人民学校」の代用教員となり、よく日本人部の会合に顔を出していた。

日本人技術者が果たした役割は大きかった。日本人部の経理部長だった島村忠男の手記によれば、北朝鮮初の鉄鋼船「陣営号」(四〇〇トン)は「南浦《なんぽ》造船」の日本人技師が設計している。塩田増設のための測量設計や、製鉄所の溶鉱炉の復活、製紙工場の再建など、日本人技術者が北朝鮮の産業育成に尽力した種々の記録がある。

■引き揚げ船に乗れぬまま

しかし、一九四七年十二月以降、予期せぬ事件が日本人技術者を襲う。

日本人部の会計不備があった。さらに、日本人部で雇っていた朝鮮人が南朝鮮に逃避したり、日本人部で使っていたロシア語通訳の日本人女性が北緯三八度線を越えて脱出後にふたたび北朝鮮に引き返してきたりして、ソ連軍に対する日本人部の組織的なスパイ行為が疑われるようになった。その結果、常塚や佐藤ら幹部が相次いで逮捕された。

日本人部は翌年の一九四八年二月十四日、解散を命じられてしまった。米ソ冷戦の激化が日本人技術者の身の上にも影を落としていたのである。

在留邦人の送還協定の締結当事者であるソ連軍が北朝鮮から撤退を開始するのは一九四八年九月からである。引き揚げ事業はソ連軍の撤退が目前に迫ったことで、同年七月に終了した。佐藤

1956年12月、シベリアから生還し、京都・舞鶴港で妻の喜美子氏（右）と再会を果たした佐藤信重氏（写真提供：佐藤知也氏）

の長男・公也の日記によると、十五人の技術者が事件の影響で、最後の引き揚げ船に乗ることができなかった。

このうち常塚や佐藤ら七人はシベリア送り。残る八人は受刑者となり、一部は釈放後に工場や製鉄所などで働いたが、いずれも一九五〇年に勃発した朝鮮戦争の戦渦に巻き込まれ、命を落としたとされる。

主権国家として誕生した朝鮮民主主義人民共和国の朝鮮赤十字会と日本赤十字社が、在留邦人の送還協定を結んだのは一九五六年二月のことだ。この協定さえも適用されず、シベリアに抑留されていた佐藤ら七人が帰国したのは、さらに十カ月後、日ソ国交回復直後の同年十二月二十六日だった。終戦から十一年たっていた。

母、兄と一緒に、小雪の舞う京都・舞鶴港まで迎えに行った知也は、父にすがりつく母の姿が脳裏に焼きついている。

大国のはざまで

■遅れる北からの送還

終戦まで南朝鮮に住んでいた日本人の本土への引き揚げは早かった。三八度線以南に軍政を敷いた米軍は、日本人を早期に本国に送還する方針を徹底させ、一九四五年十月三日、本格的に送還を開始すると発表した。

南朝鮮の日本人引き揚げ業務は、米軍政庁外事課が担当し、日本人世話会がその補助機関の役割を果たした。南朝鮮にいた四十数万人の一般邦人は翌一九四六年春までに、ほとんど引き揚げた。同年三月八日、米軍政庁は「米軍政庁が滞留を必要とする者以外の全日本人は、できるだけ速やかに朝鮮から日本に帰国すべし」という命令を出した。その後に南朝鮮にとどまった日本人は京城、釜山《ふざん》の日本人世話会職員など限られた人々であった。

北東アジア地域で終戦まで日本の版図だった他地域からの、日本人の送還がそれに続いた。戦勝国となった中華民国は一九四五年十一月に中国本土で、一九四六年三月に台湾で、それぞれ引き揚げ事業に踏み切った。旧満州では、ソ連軍の撤退が完了した同年五月に引き揚げ事業に着手した。

一方、北朝鮮に進駐したソ連軍は一九四五年八月二十五日、三八度線を封鎖した。三八度線は朝鮮の土地と民族を二つに分ける、事実上の国境と化していった。北朝鮮に進駐していた日本の軍人は、捕虜としてシベリア送りとなり、一般邦人は自由な移動を禁じられた。

北朝鮮で日本人の正式な引き揚げ事業が始まったのは、一九四六年十二月である。その間、満州から南下した人を含め三十一万人を超える一般邦人のうち、二十七万人以上の人が自分の足で南朝鮮に脱出し、二万六千人以上が飢えと病で死亡した。

■在留邦人の惨状を知っていたソ連

こうした痛ましい結果を招いたのは、ソ連軍が在留日本人の生活を無視し、約一年四カ月もの間、日本人を放置し続けたからにほかならない。

ソ連は当時、日本人の扱いについて、どのように考えていたのか。その疑問を解く複数の資料がある。

その一つは、ロシア科学アカデミー東洋学研究所日本研究センターのエレーナ・カタソノワ主任研究員が、ロシア外務省外交文書館で入手した公文書である。カタソノワはロシアを代表する日本通で、二〇〇四年に発刊した『関東軍兵士はなぜシベリアに抑留されたか』では、関東軍のシベリア抑留を題材にして、米ソ間に展開されたパワーゲームの解読を試みた。

カタソノワが入手した公文書は、ソ連のソロモン・ロゾフスキー外務次官が一九四五年十一月三十日付で、ソ連外務省に宛てた報告書。ロゾフスキーは報告書の中で、「われわれは十月二十三日、北朝鮮からの日本人送還と、北朝鮮の元山《げんざん》港と南浦港からの日本人移送に異存はないと米側に伝えるよう、人民委員会（ソ連内閣＝引用者注）に提案した」と明らかにしている。これに先立ち、在モスクワの米軍事使節団は日本政府の要請を受けて十月十三日、北朝鮮や満州、サハリンなどに在住する日本人の早期送還を求める日本政府の意向を、ソ連側に伝達していた。

次に紹介するのは、韓国・慶北《キョンブク》大学史学科の鄭《チョン》鉉《ヒョン》秀《ス》教授が二〇一三年、ロシア国防省中央公文書館で見つけた資料だ。ソ連民政庁行政政治課長のポストにあった、平壌駐在ソ連軍のイグナチエフ大佐が、上級組織の第二五軍軍事評議会に送った機密文書。一九四六年一月十五日時点における、北朝鮮在留邦人に関する報告書である。

〈各道のソ連軍司令部代表の最近の報告によれば、日本住民の物質的に置かれている境遇は非常に困窮している。現在、日本人には食糧が配給されておらず、彼らは（食糧を購入する＝引用者注）資金もない。家屋が不足しているので、数世帯が一つの部屋に住む方式で、非常にごった返して生活している。きわめて少数の日本人だけが雇用されている。なぜならば、すべてのあるいは大多数の日本人に仕事を保障してやることは不可能なことだからだ。

その結果、絶対多数の日本人住民は事実上、飢餓状況で生きざるをえない。例を挙げると、平安北道には全部で三万一千四百二十七人の日本人が居住しているが（このうち十二歳以下の子どもが一万二千三百二十二人）、これらのうち一千人だけが仕事をもっている。食糧がないので日本人住民は飢えている。新義州《しんぎしゅう》市だけで、一九四五年九月以降現在までに、飢餓で二百八十八人の日本人が死亡した。平安北道では約一〇パーセントの日本人が結核を患っている。

平安南道には五万九千人の日本人が居住しているが、飢餓によって毎日のように死者が発生している。

咸鏡北道と咸鏡南道に住む日本人の物質的保障も困窮した状況に陥っている。咸鏡南道には一万八百人の日本人が住んでいる。物質的な境遇を向上させる目的で、日本人を道内の別の地域に移住させたが、あまり役に立たなかった。日本住民は飢えており、彼らはどのようにしても三八度線以南に越境してそこから日本に戻ろうと、懸命になっている。

日本人住民に対する現在のような物質的保障状況はこれ以上、放置できないものだ。日本人の間では今、飢え死にするという話が広がっている。

迅速な措置を取ることが必要だ。日本人住民に食糧を保障するか、あるいは彼らを日本に送還することだ〉

イグナチエフの報告内容には、不正確な数字も目立つ。しかし、それはさておいても、以上二つの文書からは、ソ連が早い段階で北朝鮮にいる日本人の状況が悪化していることを把握し、早期送還の重要性を認識していたことがうかがえる。

それにもかかわらず、なぜ北朝鮮からの引き揚げ作業は遅れたのか。資料をさらに調べていくと、米ソ両国の不信と対立の構図が浮かび上がる。

■コメをめぐる米ソ対立

一九四六年一月。南北に進駐する米ソ両軍の司令部は双方の間に横たわる懸案を協議するため、京城で代表者会議を開いた。

米国と英国、ソ連の三カ国外相は一九四五年十二月にモスクワで会談し、朝鮮統一に関して話し合う米ソ共同委員会の設立で合意していた。その予備会談として、両軍司令部の代表者会議では緊急問題が取り扱われた。

米側首席代表は会議直前まで初代米軍政庁長官を務めたアーチボルド・アーノルド少将、ソ連側はテレンティ・シュティコフ上将。シュティコフは北朝鮮においては、ソ連政府派遣の総督的な存在だった。北朝鮮が一九四八年九月に建国すると、シュティコフは初代ソ連大使に就任した。

代表者会議では、鉄道輸送や南朝鮮による北朝鮮へのコメ供給、北から南への電力、鉱工業製品の供給、郵便物の交換など計十五の議題を設定し、「日本人約二十三万人を北朝鮮から日本に送還する問題」も、いったんは議題にのせられた。

国立国会図書館憲政資料室で見つけた代表者会議の議事録によると、一月十六日から二月五日まで開催された会議では、ソ連が要求した南朝鮮から北朝鮮へのコメ供給について、米側が難色を示したことで、対立が深まっていくのがよくわかる。

シュティコフ　日本統治下では、南のコメを日本に輸出し、北朝鮮の人民は南からコメの供給を受けてきた。彼らには直ちに、コメを受け取る権利がある。われわれの資料では、朝鮮全体でコメの生産量は二千六百万石あり、このうち二千百万石は南朝鮮、五百万石が北朝鮮だ。米軍司令部には、南から北にコメを供給する責任がある。

アーノルド　日本軍が撤退に伴って食糧を接収していった。米国は残っていたコメを不十分な量しか獲得できておらず、他の穀物もすでになくなってきた。南は過去五年平均で、北と満州から三百七十万石の穀物を得ていたが、それも今では得られる保証はなく、深刻な食糧不足に陥っている。北に配給することは不可能だ。

一月二十五、二十六の両日、米ソはコメの供給問題をめぐって、延々とこうしたやり取りを続けている。

米軍政庁は一九四五年秋、南朝鮮に資本主義を普及させるため自由市場制を導入し、コメの自由販売を解禁した。だが、米軍政庁の狙いとは裏腹に、地主らによる投機的買い占めや日本への不正輸出が横行する。その結果、市場に出回るコメは激減し、アーノルドの説明どおり、南の余剰米はすっかり、姿を隠してしまっていた。

日本人の送還問題では二月一日、北朝鮮に残る日本人の送還を三月一日から開始し、五月十五日までに終わらせることをソ連側が提案し、米国もこれに同意した。しかし、ソ連側は同時に、引き揚げる日本人の食糧を米側が負担するよう要求した。米側は南朝鮮のコメ不足を理由に挙げ、これを拒否する。

ソ連側はまた、日本から引き揚げる朝鮮人が北朝鮮に帰還後、最終目的地に着くまでの食糧まで保障するよう米側に求めていた。これに対して、アーノルドは次のように反駁《はんばく》して、ソ連側の要求を退けた。

「日本から北の居住地までの食糧を、日本あるいは連合国軍最高司令官総司令部（SCAP）が用意せよ、という要求は公平ではない。ソ連軍司令部は、北から日本の居住地まで全行程について、日本人帰還者の食糧を用意する考えなどないではないか。SCAPには北朝鮮の目的港までの食糧を依頼するだけで十分だ」

この直後のことだった。シュティコフが卓袱《ちゃぶ》台をひっくり返すような発言をした。彼は突然、「この問題を外すことを提案する」と言い放ったのだ。アーノルドは一瞬、意味が理解できない様子だった。彼は「第六項（日本人の送還問題）全部という意味か」と問い返している。

結局、米ソはこの日、「日本人の送還問題」を協議事項から外すことで合意した。

それどころか、代表者会議は事実上、何の成果もなしに幕を閉じることになった。米国によるコメの供給が不可能であったことで、ソ連は米側のあらゆる要求に応じない姿勢を見せた。アーノルドは会議が終わった時、「全面的責任はソ連側にある」と公言した。半面、ソ連側から見れば、米国が北朝鮮の政権とソ連に打撃を与えるために、コメの提供を意図的に拒否したと疑っていた可能性は十分にある。

二月六日付の代表者会議終了に際した新聞発表文の草案には、日本人送還問題を討議した事実さえ記されていない。送還問題は終戦翌年の早い段階で話し合われていたにもかかわらず、米ソは合意に至らずに持ち越されざるをえなかった。その結果、日本人は過酷な環境での越冬と脱出を余儀なくされ、犠牲を重ねていく。

■日本人送還の具体的な検討

平壌満州避難民団の団長を務めた石橋美之介が、一九四八年三月に残した口述記録によると、平壌のソ連軍司令部で日本人関係を担当したバラサノフ顧問は一九四六年二月、石橋に同年三月半ばの日本人送還を示唆した。

三月になると、「三月には帰れぬ」とこれを否定する。その後、六月初めにふたたび、「石橋よろこべ、今月十五日から正式に帰還できるかもしれぬ」と話していた。

また、黄海に面した鎮南浦《ちんなんぽ》では、ソ連軍の命令で四月、引き揚げ船乗船者のための収容所の設備を行い、平壌北郊の秋乙《しゅうおつ》から約三千七百人が移動して無駄に出発を待った。

こうした状況を総合してみると、当時、ソ連に日本人送還に向けた何らかの動きがあったのは明らかだろう。

引き揚げ問題について研究している、第四章で登場した国文学研究資料館の加藤聖文准教授は二〇一三年春、ロシア外務省外交文書館で、日本人送還をめぐるソ連国内での動向を伝える文書を発見した。文書の複写は禁じられていたといい、加藤は要点をノートに書き写している。

それによると、前出のソ連外務次官ロゾフスキーは四月九日、ソ連軍に対し、日本人の送還に必要な船舶数の試算をさせている。その六日後、シルトフ海軍大臣は「二十三万人の日本人輸送を一カ月で完了させるには、六、〇〇〇トンの船が五十隻必要だ」と回答している。

そして、五月二十三日には、アファナシェフ海軍省次官がロゾフスキーに以下のように伝えた。

「日本人送還に使う船は海軍省の管轄下にない。よくは分からないが、国防省の管理下にあるのではないか」

加藤がこうしたソ連内部でのやり取りについて、解説してみせる。

「船舶による輸送などを協議する動きは出ているんですね。ソ連側もいろんな試算をしていて、何とかしなくちゃいけないという気はあるんです。特に外務省。外務省は米国との交渉を頻繁にやっており、米側からいろいろと言われる。問題を解決しようという話にはなるけど、国内官庁にまわすとうまくいかないわけです。海軍などにとっては、日本人の送還に船をまわすなんて、とんでもないと。プライオリティーが低い問題です。

役所間の横のつながりがない。したがって、すべてをクレムリンに上げて、指導を受けることになる。そうすると時間がどんどん過ぎていく。そういうことで、北からの送還問題はまとまらない。ソ連全体の構造的な問題が影響していたと言えるのではないでしょうか」

■二度目の決裂

米ソ間で送還について会談が再開したのは五月下旬だった。連合国対日理事会の米国代表ジョージ・アチソンと、ソ連代表クズマ・デレビヤンコとの間で始まった。

しかし、新たな障害が持ち上がる。米側が一般邦人の送還と同時に、ソ連に抑留されている日本人捕虜の送還を要求したためだ。米側はポツダム宣言に「日本の軍隊は完全な武装解除後、家庭に復帰し、平和で生産的な生活を営むことが許される」とあるのを根拠にして、ソ連側を責めた。

前出ロシア科学アカデミー日本研究センターのカタソノワは「ドイツとの戦争で疲弊していたソ連にとって、日本人捕虜は経済再建に向けた不可欠な労働力でした。そう簡単に手放すわけにはいきませんでした」と指摘する。米側の要求にソ連は反発した。会談は七月十二日にふたたび決裂する。

カタソノワがロシア外務省外交文書館で入手した機密文書のコピーが手元にある。駐日ソ連代表部のゲネラロフ政治顧問が七月二十三日付で本国のヴャチェスラフ・モロトフ外相に宛てた覚書だ。その間の経緯がよくわかるこの文書には、米国に対するソ連の不信感が露骨に表れている。

〈われわれが現時点で日本兵の捕虜を自国の領域から送還させる意思がなく、送還が一般市民に限られることを知り、日本と米国の報道機関とSCAPは公然と反ソ連プロパガンダを行い、ソ連をポツダム宣言違反だと訴えた。

対日理事会の議場で六月十二日、マッカーサーの代理であるアチソンはデレビヤンコ同志に、赤軍が満州で捕虜とした日本人の数と現在の居場所、そして彼らに対するソ連政府の計画を伝えるように問題提起した。

デレビヤンコは六月二十日、アチソンから書簡を受け取った。書簡には、ポツダム宣言に従い、すべての連合国はソ連を除き、日本人の本国送還を順調に行っており、現時点で米国は自国の管理下にある領域から九三パーセントの日本人を、英国は六八パーセント、中華民国は九四パーセント（この数字はわれわれのデータとも合致する）を送還させていると書かれていた。そして、この事実をソ連が考慮するよう書かれており、ソ連が同様の行動を取らない場合には、「疑惑や不理解を生む」可能性があるとあった。

対日理事会の議場で六月二十六日、アチソンはふたたびデレビヤンコ同志に、この問題を提起した。ソ連は日本兵と将校の本国送還に関してポツダム宣言に違反している、と非難した。

七月十二日、ＳＣＡＰの代表者との会合の際、以前に達した合意に従い、北朝鮮および旅順と大連の海軍基地から日本人を送還させる問題について、米国代表クラークソン将軍は、もしソ連邦がソ連領内の日本人全員の送還を認めないのであれば、米国側は一部の日本人の送還についての話し合いを拒絶すると宣言した。

このように、ソ連に日本人を北朝鮮と旅順と大連の海軍基地から本国送還するための船を提供しないにもかかわらず、同時にソ連領域から軍事捕虜を含む日本人全員を送還させることに固執し、米国は日本における反ソ気分に火をつけようとする目的を実現させようとしている〉

■米ソの思惑に翻弄されて

カタソノワは「米ソの葛藤は終戦直後に始まっていた。相互の根強い不信感が、送還問題がこじれた背景にあると思う」と話す。

ソ連は対日参戦時、米ソ両国による日本の共同統治を求めていた。しかし、米側は拒否した。反発したソ連は、対日占領の最高機関であるＳＣＡＰの指揮を受けない、と一方的に宣言していた。米ソ冷戦はこの時に芽生え、それが日本人の送還問題にも影響を及ぼした、とカタソノワは見る。

前掲の覚書には、ゲネラロフによる捕虜の送還に関する提案も続く。それは次のような内容だ。

〈ポツダム宣言の第九条は、日本への捕虜送還をとどめる形式的権利を与えていない。当項目には捕虜送還の明確な時期は記されていないが、いずれにせよ、そのことを利用するのは困難だと考える。なぜなら、ポツダム宣言には、日本軍は武装解除後に返還が許可されると書かれているからだ。

したがって、捕虜も一般市民と共に北朝鮮と旅順、大連の海軍基地から少しずつ送還するのが妥当だと考える。これによって、捕虜の本国送還をかなりの時間引き延ばすことができる。それと同時に、ソ連領域の日本兵捕虜と親族との手紙のやりとりを早急に許可する必要があると考える〉

こうした提案がモスクワで詳細に検討される間、米ソの交渉は長期の中断に入った。九月十五日には、前月に就任したばかりのヤコフ・マリク外務次官が、ゲネラロフの提案を後押しする意見書をモロトフに提出した。マリクは終戦まで駐日大使を務めた日本通であった。彼が記した機密文書は以下のとおりだ。

〈ソ連邦の人民経済的利益の視点で考えると、日本兵捕虜を労働力として使用する期間が、できるだけ長いことが望ましい。

一方、国際政治の視点から、特に目前に迫った日本との平和条約の問題についての同盟国との交渉を考えると、われわれにとって、一部の日本兵捕虜と一般市民のソ連からの自国送還を今すぐにでも始めるのが有利である。日本兵捕虜の本国送還は、わが国の人民経済計画がひどく損なわれない程度の規模で行うのがよい〉

米ソが歩み寄るのは九月下旬になってから。ソ連は連合国側の強まる圧力と国際的な批判を懸念し、捕虜を段階的に送還する方針に転換する。

両国は十一月下旬に暫定的な計画を策定した。ソ連が北朝鮮から日本人の引き揚げ事業に着手したのは、冒頭でも記したように、十二月のことであった。

北朝鮮東海岸の興南港から日本人二千一人を乗せた日本船が十二月十六日、佐世保に向けて出航した。米ソが「送還協定」を正式に締結したのは、その三日後のことだった。

日本の敗戦によって北朝鮮に取り残された日本人は、米ソ両国の思惑に翻弄され続けた。そして、多くの人が命を落とした。

■明日のアジアの幸福は

最後に、本書で何度も引用した朝鮮半島からの邦人引き揚げ史『朝鮮終戦の記録』の著者、森田芳夫が一九四九年一月に雑誌に寄せた手記の一節を紹介したい。なぜなら、そこに記された内容は、終戦から七十年を経た今日にも通じていると考えるからだ。

〈米ソ両軍防備のために、日本軍配置の分界線とした三八度線は、終戦と同時に極東における米ソ対立線となり、引き揚げる日本人にも、また朝鮮民族自体にも大きな悲劇をもたらした。北鮮日本人の苦難は帝国主義侵略の犠牲というも余りに傷ましかったが、その回顧を通じて過去の日本のあり方に深い反省を加え、新しき文化国家の出発に資するものとせねばならない。

朝鮮は三十八度線の解決に苦闘し、日本は真摯な反省から出発する。明日のアジアの幸福は日鮮ともこの課題を解決した彼方《かなた》にある〉

あとがき

戦後生まれとしては珍しいと思う。「ヒキアゲシャ」という言葉を、私（城内）は物心がついたころから知っていた。それは、他ならぬ私の母が引き揚げ者であり、わずかな身のまわりのものだけを持って日本の土を踏んだという話をくり返し聞いていたからである。

本書を執筆するにあたり、八十一歳になる母にあらためて、昔のことを聞いた。

母は一九三四年、釜山《ふざん》で生まれた。母の父は大正末期、発電所の技師として釜山に赴任した。そこで、鉄道病院の看護婦をしていた私の祖母と出会って結ばれた。母は一九三〇年生まれの長兄、その二歳下の次兄に次ぐ末っ子だ。兄二人はいずれも鬼籍に入っている。

釜山での暮らし向きは、たいそう豊かだったそうだ。母が記憶を手繰《たぐ》り寄せた。

「家の外には大きな門。門をくぐると石畳があって、玄関まで続いていた。平屋建ての家の裏庭にはブランコと砂場があった。あなたのおじいさん（母の父）は何かあるとよく、近くの中華料理屋さんからコックさんを自宅に呼んで料理をつくらせて、お客さんにふるまっていた。

とにかくお風呂が広かったねえ。洗面所もひと部屋ぐらいの広さはあった。当時としては高価な電化製品も揃っていた」

祖父が営々と築き上げた生活の基盤は、多くの引き揚げ者と同じく、日本の敗戦によって瞬時に失われた。母によると、一家が引き揚げるより先に、家財道具を地元の人に頼んで調達した「闇船」に載せて日本に送った。ところが、終戦約一カ月後に日本列島を襲った枕崎台風によって、すべて海に流されてしまったという。

一家が釜山港で引き揚げ船に乗ったのは、一九四五年十月だった。「アメリカの兵隊さんが乗っていたのを覚えている。祖母が兵隊さんに声をかけられて、叫び声を上げて驚いていた様子は、今でもはっきりと覚えている」とは、母の回想だ。「私の持ち物は教科書だけやった。あっという間に貧乏になった。天から地獄に落ちたようなもんやね」。山口県・仙崎港に上陸した。数え年で六十七歳になる祖母（私の曾祖母）は、財産すべてを失ったことを聞いて、全身の力を失ってしまったという。落胆したせいか、一カ月余りたつと急死した。

三十年近く前のことだ。大学在学中、母の釜山の生家が現存しており、地元の人が住んでいるらしいという話を母から聞いた。にわかに興味が湧き、大学卒業直前の一九八六年春、生家を探しに韓国を初めて訪れた。

釜山から引き揚げてきた人々の集まりで保管していたとされる戦前の地図の写しを手にして、母が十一年間過ごした家の所在地「みなみふうみんちょう（南富民町）」を訪ねて行った。海岸から比較的近い丘陵地。瓦屋根の家がたくさん残る街は、釜山市西区に所属する「ナンプミンドン（南富民洞）」とその名を変えていた。

地元の人に昔の地図を見せながら歩くこと約一時間。母の生家と思われる家屋にたどり着いた時、心臓が高鳴ったことを記憶している。住人がいるようだったが、声をかけてみる勇気は湧かなかった。朝鮮半島を植民地支配した者の子孫が、侵略された被害者の子孫に厚かましく対面するような気持ちに襲われたからだった。結局、恐る恐る家の外観だけを撮影して、その場を離れた。残念ながら今では、その時の写真もどこかにいってしまった。

その旅で朝鮮半島に関心をもつようになった。念願が叶って、七年後には所属する新聞社の特派員としてソウルに赴任した。それ以来、朝鮮半島情勢の取材に関わり続けるようになった。ふり返ってみれば、身内に引き揚げ者がいたことが、私と朝鮮半島をつないだことになる。

そうした経緯から、日本の敗戦に伴う「外地」からの引き揚げは、ずっと気になっていたテーマであった。そして「はじめに」で記したように、取材・執筆に取り組むきっかけとなったのは、北朝鮮に残留する日本人の状況を調査対象に含めた二〇一四年五月の日朝合意だった。

取材を進めていくうちに、痛切に感じたことは、取材に応じてくださった引き揚げ者の皆さん一人ひとりが壮絶なドラマの主人公だということだった。特に北朝鮮からの脱出体験を聞く時には、何度も息を呑み、詳しく訊ねることが憚《はばか》られることもしばしばであった。

執筆を終えるにあたってまず、かつての貴重な体験を語ってくださり、写真や資料を提供してくださった引き揚げ者の方々に、深甚の謝意を表したいと思う。北朝鮮からの引き揚げ者として本書でたびたび登場し、ご自身も長きにわたって取材・調査を続けてこられた赤尾覚《さとる》氏には、本書の土台となった東京新聞（中日新聞）における記事連載の段階で、数多くの助言と指摘をいただき、ずいぶんと参考にさせていただいた。国文学研究資料館研究部の加藤聖文准教授には、新聞連載を準備するにあたり、研究者としての見地からお力添えをいただいた。こうした方々と合わせ、引用したり参考にしたりさせていただいた文献の著者にも深謝する。

また、所属する新聞社の斉場保伸アメリカ総局特派員、常盤伸モスクワ支局長には貴重な公文書の入手で力を借りた。本社外報部の滝沢学、原誠司の両デスクにはロシア語文献の翻訳で、また北島忠輔ニューヨーク特派員、小嶋麻友美ロンドン特派員には英語文献の翻訳で、それぞれ骨を折ってもらった。本書を紡いでいくうえで、浅井正智総括デスクの助言をはじめ、外報部の仲間一同の協力が不可欠であったことは言うまでもない。そして、本書の刊行を実現してくださった大月書店編集部の角田三佳氏と木村亮氏には、厚くお礼を申し上げる。

二〇一五年六月

著者

主要参考文献（参考・引用順）

厚生省援護局編『引揚げと援護三十年の歩み』一九七七年、厚生省
加藤聖文『「大日本帝国」崩壊――東アジアの１９４５年』二〇〇九年、中公新書
若槻泰雄『戦後引揚げの記録』一九九一年、時事通信社
森田芳夫『朝鮮終戦の記録――米ソ両軍の進駐と日本人の引揚』一九六四年、巌南堂書店
永島広紀編集『わが生涯を朝鮮に（穂積真六郎）』二〇一〇年、ゆまに書房
田中正四『痩骨先生紙屑帖』一九六一年、金剛社
山名酒喜男『朝鮮總督府終政の記録（一）終戦前後に於ける朝鮮事情概要』一九五六年、友邦協会
『朝鮮交通回顧録　別冊終戦記録編』鮮交会、一九七六年
得能喜美子『奇跡の道程――少女二人、朝鮮半島縦断引き揚げの記録』二〇一〇年、彩流社
朝鮮銀行史編纂委員会編『朝鮮銀行略史』一九六〇年、朝鮮銀行史編纂委員会
大嶋幸雄『雄基よいとこ』二〇〇三年、私家版
赤尾覚『北鮮流浪――会寧―白茂高原―咸興―三十八度線突破』一九九五年、私家版
赤尾覚『咸北避難民苦難記――朝鮮咸鏡北道在住邦人の終戦悲史』二〇一〇年、私家版
増田弘編著『大日本帝国の崩壊と引揚・復員』二〇一二年、慶應義塾大学出版会

金学俊著・李英訳『北朝鮮五十年史――「金日成王朝」の夢と現実』一九九七年、朝日新聞社
森田茂編『北朝鮮に消された街「城津」――引揚げ者たちの苦難の記録』二〇一〇年、明文書房
藤川大生『奇蹟の38度線突破――平壌から日本へ』二〇〇六年、ビジネス社
鎌田正二『北鮮の日本人苦難記――日窒興南工場の最後』一九七〇年、時事通信社
磯谷季次『朝鮮終戦記』一九八〇年、未來社
清水徹『忘却のための記録――1945―46　恐怖の朝鮮半島』二〇一四年、ハート出版
田所喜美『ペトロフ軍医少佐』一九八二年、講談社出版サービスセンター
桜井二郎『死の冬――十四歳が見た北朝鮮引き揚げの真実』二〇〇八年、文芸社
藤原てい『流れる星は生きている』一九七六年、中公文庫
満蒙同胞援護会編『満蒙終戦史』一九六二年、河出書房新社
中央日韓協会『終戦後平壌における死亡者と竜山墓地』一九五八年、中央日韓協会
磯谷季次『わが青春の北朝鮮』一九八四年、影書房
神崎貞代『松月ホテルの人々――17歳、少女の朝鮮引き揚げ物語』二〇一四年、日本機関紙出版センター
中村登美枝『自分史　いのち』二〇〇五年、私家版
毎日新聞社『在外父兄救出学生同盟』一九六八年、毎日新聞社
植村尚『戦後秘話　在外父兄救出学生同盟――北朝鮮・金日成主席にも直訴して　復員者・引揚者を支えた学生ボランティアたち』二〇〇七年、eブックランド社
大原寛『挑戦の道程――幸運に恵まれて』二〇〇二年、生涯学習研究社
金勝登『私の同盟活動』一九六〇年、私家版

『主席金日成　生誕八十周年記念』一九九二年、金日成主席傘寿記念出版刊行会
上坪隆『水子の譜――引揚孤児と犯された女たちの記録』一九七九年、現代史出版会
「引揚げ港・博多を考える集い」編集委員会編『戦後50年　引揚げを憶う（続）――証言・二日市保養所』一九九八年、引揚げ港・博多を考える集い
高杉志緒『日本に引揚げた人々――博多港引揚者・援護者聞書』二〇一一年、図書出版のぶ工房
高松宮宣仁親王『高松宮日記　第八巻』一九九七年、中央公論社
エレーナ・カタソノワ著・白井久也監訳『関東軍兵士はなぜシベリアに抑留されたか――米ソ超大国のパワーゲームによる悲劇』二〇〇四年、社会評論社

日刊紙

「朝日新聞」「毎日新聞」「読売新聞」「西日本新聞」「佐賀新聞」の各紙

その他

◆外交文書や公文書などは、引用時に出典を明記した。
◆数多くの手記や覚書、書簡など、関係者の皆様からご提供いただいた。

関連年表

一九三九年	九月	一日	第二次世界大戦勃発
一九四一年	四月	十三日	日ソ中立条約調印
一九四五年	二月	上旬	米英ソの三カ国首脳がヤルタ会談でソ連の対日参戦を密約
	七月	二十六日	米英中の三カ国がポツダム宣言を発表
	八月	六日	米軍が広島市に原子爆弾を投下
		八日	ソ連軍が日ソ中立条約を破棄し、日本に宣戦布告
		九日	米軍が長崎市に原子爆弾を投下
			ソ連軍が満州や朝鮮半島などに侵攻
			満州在住の日本人が北朝鮮に避難を開始
		十四日	日本政府がポツダム宣言受諾を連合国に通告
		十五日	昭和天皇による終戦詔書の音読放送（玉音放送）
			朝鮮総督府の遠藤柳作政務総監と呂運亨が会談

		朝鮮建国準備委員会発足
	十八日	京城内地人世話会発足（後に京城日本人世話会に改称）
		平壌日本人会発足
	十九日	朝鮮半島でソ連軍との戦闘が終結
	二十一日	内務省が朝鮮半島の日本軍の武装解除について総督府に打電
		ソ連軍が元山と咸興に進駐
	二十四日	ソ連軍が平壌進駐
	二十五日	ソ連軍が三八度線を封鎖
	二十八日	日本政府が連合国軍最高司令官に北朝鮮の治安維持を要望
九月	一日	北朝鮮に入った満鉄職員家族約二万人が九月末までに満州へ戻る
	二日	東京湾上の米戦艦ミズーリで日本と連合国による降伏文書調印式
	六日	日本政府がスウェーデンを通じてソ連に北朝鮮の事態改善を要請
	八日	米軍が仁川に上陸
	九日	朝鮮総督府の阿部信行総督が降伏文書に署名
	十二日	阿部総督解任
	十九日	阿部総督が東京に帰還
		金日成がソ連の輸送船で元山に上陸

		二十日	米軍が南朝鮮で軍政庁を発足
	十月	三日	米軍政庁が日本人の送還開始を発表
		二十三日	南朝鮮における一般邦人の計画輸送開始
	十一月	七日	ソ連軍が水豊水力発電所の第三、第四、第五号機の解体に着手
		十七日	在外父兄救出学生同盟の結成大会
	十二月	二日	咸興の日本人避難民約三千三百人が富坪へ移動させられる
一九四六年	一月	十六日	京城で二月五日まで米ソ両軍司令部代表者会議が開催
	二月	八日	北朝鮮臨時人民委員会樹立
		二十五日	学生同盟の藤本照男ら七人が昭和天皇、皇后両陛下に拝謁
		末	南朝鮮在住の一般邦人の引き揚げ作業がほぼ終了
	三月	二十五日	二日市保養所開設
	四月	十六日	高松宮殿下が二日市保養所を訪問
	六月	一日	学生同盟の金勝登が北朝鮮に潜入
		五日	金勝が平壌で金日成と面会
		上旬	開城、議政府、注文津で北朝鮮からの脱出者を収容するテント開設
		十五日	平壌のソ連軍司令官が日本人の三八度線以北の自由旅行を認める
	七月	一日	在外父兄救出学生同盟を在外同胞救出学生同盟に改称

	九月	二十六日	連合国側がソ連占領地区の日本人引き揚げに関する声明を発表
	十月	十二日	北朝鮮工業技術総連盟日本人部発足
	十一月	三日	日本国憲法公布
		二十七日	ソ連軍占領地区の日本人引き揚げに関する米ソ暫定協定が成立
	十二月	十六日	北朝鮮からの初の正式引き揚げ船「永緑丸」が興南港を出航
		十九日	引き揚げに関する米ソ協定正式に締結
		二十日	永緑丸が佐世保入港
		二十七日	京城日本人世話会撤収
一九四七年	二月	二十日	北朝鮮人民委員会成立
		二十三日	在外同胞救出学生同盟解散
	秋		二日市保養所閉鎖（正確な月日は不明）
一九四八年	二月	十四日	北朝鮮工業技術総連盟日本人部解散
	七月	四日	北朝鮮からの最後の正式引き揚げ船「宗谷丸」が元山を出航
	八月	十五日	南朝鮮で李承晩を大統領とする大韓民国政府が成立
	九月	九日	北朝鮮で金日成を首相とする朝鮮民主主義人民共和国が成立
一九五〇年	六月	二十五日	朝鮮戦争勃発
一九五三年	七月	二十七日	朝鮮戦争休戦

一九五六年	二月　二十七日	日朝赤十字会談で北朝鮮残留日本人の送還協定を締結
	十二月　二十六日	北朝鮮でソ連軍に拘束、シベリアに送られた日本人技術者七人が帰国

著者
城内康伸（しろうち　やすのぶ）
東京新聞記者。1962年、京都府京都市生まれ。早稲田大学卒。1987年、中日新聞入社。ソウル支局長、北京特派員などを経て現在、外報部次長。著書に、『昭和二十五年　最後の戦死者』（小学館、第20回小学館ノンフィクション大賞優秀賞）『「北朝鮮帰還」を阻止せよ――日本に潜入した韓国秘密工作隊』『猛牛（ファンソ）と呼ばれた男――「東声会」町井久之の戦後史』（新潮社）ほか。

藤川大樹（ふじかわ　ひろき）
東京新聞記者。1980年、静岡県静岡市生まれ。東京外国語大学卒。2004年、中日新聞入社。大津支局、静岡総局、東京新聞（中日新聞東京本社）経済部などを経て現在、外報部。

装丁　鈴木衛（東京図鑑）

朝鮮半島で迎えた敗戦――在留邦人がたどった苦難の軌跡

2015年7月21日　第1刷発行

定価はカバーに表示してあります

著　者　城内康伸　藤川大樹
発行者　中川　進

〒113-0033　東京都文京区本郷2-11-9

発行所　株式会社　大月書店

印　刷　太平印刷社
製　本　中永製本

電話（代表）03-3813-4651　FAX 03-3813-4656　振替00130-7-16387
http://www.otsukishoten.co.jp/

ISBN978-4-272-52107-4　C0021　Printed in Japan